모든
단어에는
이야기가
있다

모든
단어에는
이야기가
있다

이진민 지음

동양북스

작은 단어 안에 든 큰 세계

어려서부터 낯선 언어를 배우는 것이 좋았다. 영어를 배우면서 그놈의 'a boy'가 'the boy'가 되는 과정에 놓인 간질간질함을 알게 되는 것이 좋았고, 스페인어를 배우면서는 하루의 중간에 시에스타(Siesta, 낮잠 시간)의 달콤함이 놓이는 이국적 삶을 상상해 보는 것이 즐거웠다. 독일어를 배울 때는 언어 자체의 에너지가 참 남다르다고 생각하며 용맹하게 침을 튀기고 가래 끓는 발음을 연습했다. 일본어 속 여성스러운 말투와 남성적인 문장을 구별하고 존대의 층위를 인지함으로써 자연스레 알게 되는 일본의 사회심리적 구조가 흥미로웠고, 초급 러시아어 시간에 우주선 닮은 글자와 문고리를 닮은 글자를 써볼 때는 그 문고리를 열어 새로운 우주로 나가는 느낌을 받았다.

새로운 알파벳에 담긴 약속을 알아가는 일은 내 몸에

창을 하나 내는 일이었다. 그리로는 다른 세계의 풍경이 보였다. 하루에 단어를 몇십 개씩 외우라며 유난을 떠는 시스템에서 주입식으로 군사훈련처럼 배운 언어라 해도, 거기를 통해 들어오는 빛이 예뻤고 바람이 신선했다.

시간이 흘렀다.

몇몇 언어는 나를 떠나갔고 어떤 언어는 내가 놓아버렸고, 어떤 언어는 내 곁에 남았다. 우주선 닮은 알파벳이든 러시아어는 그야말로 외계인과 교신하는 느낌이 들어 고이 우주로 보내드렸고(동사 변화가 안드로메다처럼 광활하게 펼쳐졌다), 일본어와 스페인어는 상당히 좋아했음에도 자주 얼굴 보기 어려워 헤어진 옛 애인처럼 아득히 멀어져 갔다. 지금 내 곁에 가까이 남은 것은 영어와 독일어다. 필기시험 쪽으로 심하게 기울어진 영어, 먹다가 그대로 둔 떡처럼 딱딱해진 독일어를 가지고서 나는 미국에서 10년을 살았고 이제 독일살이 7년 차에 접어들었다. 어른이 되어 새로 접하는 외국어, 살면서 부대끼는 외국어는 맛도 질감도 많이 다르다.

이제 내게 외국어는 더 이상 점수가 아니라 삶이고 사회다. '영어완전정복'이라는 참고서로 영어를 공부했던 꼬맹이는 나이 들어 이렇게 말할 수 있게 되었다. 외국어는 정복의 대상이 아니라 사고의 확장으로 가는 계단이고, 다른 세계로 난 창문이라고. 단어는 총알 같은 게 아니라 색색의 유리구슬 같은 것 아니냐고. 하루에 스무 단어씩 외우기보다 한 단어를 입 안에서 스무 번 굴려보면서 맛과 향을 음미하는 쪽이 느리긴 해도 더 즐겁다고.

이 책은 그렇게 음미하는 단어들에 관한 이야기다. 한국에 전하고 싶은 독일어 단어를 골라 그 안에 든 세상을 글로 풀었다. 외국어 에세이를 기획하고 있는데 독일어 편을 맡아달라는 제안에 사실 처음에는 두 손 두 발을 내저었다. 아니, 저는 독일어를 못하는데요? 어른(⋯인가? 겉으로는 남부럽지 않게 늙었으니 일단 그렇다고 하자)이지만 나의 독일어는 아직 꼬꼬마 수준이다. 독일에 와서 첫 한 달은 일상이 시트콤 같았다. 사 온 로션을 바르는데 얼굴에서는 웬지 거품이 보글보글 피어났고, 어니언 링인 줄 알고 당당히 오징어 링을 쇼핑 카트에 던져 넣었으며, 세탁기 버튼에 즐비한 외계어들이 낯설어 세탁은 건너뛰고 탈수부터 시작하는 파격 빨래법을 시도하기도 했다. 전분을 사고 싶었던 나를 도와주시려던 슈퍼마켓 할아버지와 한없이 따뜻한 침묵의 대화를 나누기도 했다.

그 뒤로 정직하게 1년에 꼭 한 살씩 먹었다. 책 제안을 받을 당시는 6년 차였으므로 공손히 앞발을 모으고 말씀 드렸다. "제 독일어는 이제 다섯 살 수준입니다. 문장은 고사하고 띄엄띄엄 단어를 주워 담기 바쁜 상황이에요." 외국에 떨어진 사람은 딱 자신이 구사하는 외국어만큼의 나이가 되는 법이다. 다섯 살짜리가 무슨 언어 책을 씁니까, 저보다 더 이해도가 깊은 저자를 찾으시지요. 그런데 담당 편집자의 예상치 못한 답신이 이 책을 쓰게 했다. "'다섯 살 어린이 수준'이라는 작가님의 고백이 정말 좋았어요. 다섯 살의 감각으로 채집할 단어는 또 얼마나 새로울까요. 무엇보다 이 책의 독자는 대부분 독일어 신생아일 테니, 다섯 살이면 충분히 든든한 선배입니다."

어떤 곳의 모습을 가장 잘 묘사할 수 있는 사람은 아예 그곳의 말을 전혀 모르는 사람일 수도 있다는 뻔뻔한 생각이 이 책을 쓰게 했다. 언어가 서툰 사람은 그곳의 소리와 냄새와 온도와 분위기, 사람들의 몸짓과 눈빛에 더욱 예민하게 반응하는 촉수를 뻗어 세상을 더듬게 되니까. 언어라는 기호 체계를 모르는 아이에게 '사과'란 것은 어른들이 익숙하게 떠올리는 납작한 두 글자가 아니라 둥글고 매끈하고 향긋하고 단단하며 붉고 새콤한, 아니 이 모든 형용사들마저 초월한 그저 생생한 감각의 세계로 인식될 것이니까.

그렇다고 해서 여기에 있는 글들이 그렇게 독일을 잘 묘사한 통찰력 있고 빼어난 글이냐 한다면 나부터 비웃으며 오래 두어 갈변하고 쭈그러진 사과의 표정을 할 예정이다. 그래도 작은 단어 안에 든 큰 세계를 전하고 싶었다. 모든 단어에는 이야기가 있다. 조그만 단어 안에 얼마나 커다란 이야기가 들어 있는지, 그 안에 인간 희로애락의 퇴적층이 수 세기에 걸쳐 얼마나 두껍게 쌓여 있는지 생각하면 새삼 놀랄 때가 있다. 정情이라는 단어 안에 엄마손 파이처럼 겹겹이 쌓여 있는 이야기, 빨갱이라는 단어 안에 굽이굽이 물결치는 한국 사회의 어두운 단면을 우리는 안다.

그렇게 함께 보고 싶은 독일어 단어를 골랐고 그것들을 유리구슬 삼아 양쪽 사회를 비춰보는 글을 쓰려고 했다. German word – German world 사이에 그어진 작은 선이 되는 글이면 좋겠다는 마음으로. 단어들이 품은 풍성하고 입체적인 세계를 잘 담아낼 수 있을지, 무엇보다 내가 제대로 단어들을 바라보고 있는지, 쓰면서 늘 걱정이 많았다. 단어의 뜻을 설명하는 건 항상 긴장을 늦출 수 없는 일이고, 다섯 살의 경험에는 한계가 있기 때문이다. 어린아이 같은 감각으로 언어를 본다는 것과, 그렇게 쓴 글에 어른답게 책임을 지는 것은 전혀 다른 일이므로. 내 경험의 한계로 미처 담지 못했거나 잘못 그려낸 부분이 있다면 전적으로 나의 책임이다. 그럼에도 불구하고 이 이야기를 쓸 수 있도록 제비가 박 씨 물어다 주듯 흥미로운 단어들을 물어다 준 다정한 친구들과 자신의 경험을 아낌없이 나눠준 이곳의 지인들께 진심으로 감사의 마음을 전한다.

언어'들' 사이에서만 거둘 수 있는 것이 있다. 경계에서 사는 삶은 고단하지만, 경계에서만 비로소 보이는 것들이 있다. 낯선 언어가 익숙한 세계를 휘젓는 철학적 순간을 만나는 것은 고단한 경계인이 얻는 축복이다. 그 축복을 나누고 싶었다. 쓰면서 가장 많이 생각한 것은 방향이다. 이들은 어느 쪽을 바라보고 앉아 있는지, 우리는 어느 쪽을 향해 걷고 있는지. 언어란 오랜 시간에 걸쳐 한 사회의 구성원이 함께 빚어낸 작품이고, 단어는 그 작품의 중요한 기본 재료다. 어떤 단어가 존재하는가를 통해 그 사회를 알 수 있고, 여러 단어가 있다면 어느 상황에 어떤 단어를 선택해서 쓰는가를 통해서도 그 사회를 볼 수 있다.

한 단어 속에 든 너른 세상을 볼 수 있는 책, 결국은 우리의 삶과 인생에 대한 책이 되기를 바란다. 책을 쓰면서 개인적으로는 독일어와 독일 사회에 관한 이해가 아주 조금은 깊어진 것 같다. 이 책을 읽는 독자들도 그럴 수 있기를 바란다. 부디 기분 좋게 휘저어지시기를 바라는 마음이다.

독일에서 이진민

차례

들어가는 말　작은 단어 안에 든 큰 세계　　　　　　　005

FEIERABEND
축제가 있는 매일 저녁 ————————————— 015

SERVUS!
인사, 매일 건네는 말 ————————————— 027

GEFALLEN
당신이 내 마음에 들어오는 방식 ———————— 039

11.01 VS. 1.11
우리가 세상에 놓이는 순서 ————————————— 047

ARBEIT
아르바이트, 이렇게 슬픈 단어였어? ———————— 063

PROST!
맥주 나라의 특별한 주문 ————————————— 077

GIFT
선물은 독이 될 수 있다 ————————————— 095

KINDERGARTEN
아이들을 위한 정원 ————————————— 105

RAUSWURF
내던져진 존재들 ———————————————— 125

INNERER SCHWEINEHUND
내면의 돼지개들 ———————————————— 139

MELDEN
하고 싶은 말이 있어요 —————————————— 153

AUFWECKEN
꿈과 현실 사이 ————————————————— 167

STOLPERSTEIN
걸려 넘어진다는 것 ———————————————— 183

WELTSCHMERZ
이 통증의 약은 무엇일까? ————————————— 203

SICHERHEIT
독일을 독일답게 하는 단어 ————————————— 219

HABSELIGKEITEN
축복으로 여겨지는 만큼의 소유란? ——————————— 235

일러두기

- 국립국어원 외래어 표기법에 따라 외국 인명, 지명 등을 표기했습니다.
- 단행본은 『겹낫표』, 단편과 시는 「홑낫표」, 그림과 영화는 〈홑화살괄호〉로 구분했습니다.
- 본문에서 언급한 단행본 중 국내에서 번역 출간된 외서는 한국어판 제목을 따랐습니다.

FEIERABEND

축제가
있는
매일
저녁

독일에 와서 처음으로 아름답다고 생각했던 단어.

귀엽거나 신기하다고, 혹은 웃기다고 생각했던 단어는 많았지만 아름답다고 생각했던 단어는 이게 처음이었다. 이 단어 안에는 독일 사회에서 내가 가장 좋아하는 모습이 담겨 있다. 일상을 즐기고 휴식을 소중하게 여기는 문화. 서로를 쥐어짜고 내몰지 않는, 그래서 사람들 사이에 상쾌한 바람이 솔솔 부는 사회.

파이어아벤트Feierabend•는 하루 일을 마감할 때 쓰는 명사다. 축제나 파티의 의미가 담긴 파이어Feier와 저녁이라는 뜻의 아벤트Abend가 합쳐진 말이다. 일을 마칠 때 사람들은 먼지 묻은 손을 툭툭 털면서, 혹은 사무실 의자에서 일어나면서 "Feierabend!(파이어아벤트!)"라고 외치고, 동료들은 서로에게 '수고했어, 잘 쉬어!'라는 의미로 "Schönen Feierabend!(쇠넨 파이어아벤트!)"라는 인사를 건

• 독일어의 모든 명사는 대문자로 시작한다.

넌다. 공부를 마친 학생들에게는 '충분하다'는 뉘앙스도 있는 '끝'이라는 단어 슐루스Schluss를 쓰지, 파이어아벤트는 잘 쓰지 않는다. 주말을 앞두고는 주말 잘 보내라는 의미의 "Schönes Wochenende!(쇠네스 보헨엔데!)"를 많이 쓴다. 그러므로 파이어아벤트는 열심히 생업에 종사한 사람들이 주로 평일 근무의 끝자락에 외치는 단어다.

이 단어를 처음 듣고서 독일 사람들은 '저녁이 있는 삶'의 차원을 넘어 '축제가 있는 매일 저녁'을 보내는구나 생각했다. 물론 사는 모습이야 어디나 비슷하기에 평일 저녁이 매일 그렇게 축제 같지는 않겠지만, 적어도 이런 단어를 만들고 매일 쓰는 사람들의 마음은 조금 특별하지 않을까? 파이언(feiern, 영어로 celebrate에 가깝다)이라는 동사를 우리말로 번역하는 게 조금 어렵다는 지점에서 이미 삶을 즐기고 누리는 면에서 양쪽 사회가 쌓아온 문화의 밀도가 좀 다르구나 싶다.

내가 알고 있는 범위에서는 파이어아벤트의 좋은 번역어가 있는 언어를 찾기도 꽤 힘든 것 같다. 영어로 '이제 마감하죠'라는 의미의 "Let's call it a day!"는 좀 담백하다. 무엇보다 영어에는 해당 명사를 번역할 만한 대체재가 없다. 한국어로 비슷한 단어를 찾는다면 '퇴근'이 되겠지만 두 단어의 표정이 많이 다르다. 전자파 충만한 얼굴로 '물러나는退' 얼굴과 작은 축제를 선포하며 일어나는 얼굴 사이의 간극. 게다가 우리 사회에서는 '칼퇴근'이라는 말이 아직도 당연한 권리라기보다는 각종 희로애락과 세대 차이 같은 단어들을 만수산 드렁칡처럼 주렁주렁 매달고 다닌다. 파이어아벤트와 가장 비슷한 말은 호주 시드니 쪽에서 마감 시간에 쓴다는 "beer o'clock"이라는 슬랭이 아닐까 싶다. 이 표현을 처음 접했을 때, 독일인과 호주인이 맥주잔을 챙― 하고 부딪치는 소리가 들리는 것 같았다.

한 가지 재미있는 부분은 독일에서 밤은 말 그대로 잠자는 시간이고 그 외의 시간은 잘 익은 오후처럼 세상이 환하든 어스름이 물결처럼 몰려오든 모두가 저녁이라는 점이다.• 그러므로 프라이데이 나이트Friday night가 아니라 프라이탁아벤트Freitagabend다. 불만은 없다. 축제의 시간은 길어야 하니까. 미국에서는 데이트 신청할 때 오늘 밤tonight에 뭐 하는지 묻지만, 독일에서는 "오늘 저녁heute

---

• 여름에는 보통 저녁 여덟 시에도 환하지만 겨울에는 서너 시만 되어도 어둑어둑해진다. 겨울에는 점심을 먹고 나면 왠지 잠자리에 들어 하루를 마감해야 할 것 같은 느낌에 시달린다.

Abend에 만날래?" 하고 묻는다고 생각하면 왠지 재밌다. 우리 아이들도 나중에 밤이 아니라 저녁 일찍 집에 들어오는 착실한 청소년으로 자라났으면 하는 마음을 은근슬쩍 담아본다. (부질없는 바람이란 것은 이미 알고 있다.)

독일에 살면 뭐가 좋으냐는 질문을 자주 받는다. 사랑스러운 독일 맥주를 제치고 내가 최고로 꼽는 것은 바로 삶의 여유다. 불교 신자로서 와불의 존재, 그러니까 부처님이 종종 누워 계신다는 점을 특별히 좋아하는 나는 (예수님도 가끔 십자가에서 내려와 편하게 누워 쉬셨으면 좋겠다고 생각한다) 독일에 살면서 격렬히 누워 지낼 수 있어 몹시 기쁘다. 한국에서는 앉아서 졸고 서서 자는 특기를 발휘했고 미국에서는 탈진해서 누웠다면, 독일에서는 정말로 편안히 누울 수 있는 기회가 부쩍 늘었다. 단순히 아이들이 조금 컸기 때문만은 아니다. 부부가 공히 자기 시간이 많고 충분히 쉴 수 있다 보니 삶이 전체적으로 건강해지는 느낌이다. 독일 사회에서도 자본의 정점에 있는 사람들은 밤낮도 주말도 없이 일한다지만, 대다수가 노동의 가치를 귀하게 인식하는 만큼 쉼의 미덕 또한 아는 것 같다. 사람들은 매일의 파이어아벤트를 즐기고 주말을 소중히 여기며 축제를 사랑한다.

독일로 오기 전에는 미국에서 10년간 살았는데, 그곳에서 휴가는 대체로 신고제가 아니라 허가제였다. 휴가를 쓰려면 동서남북 사방팔방으로 눈치를 봐야 했고 뭔가를 구걸하는 느낌이 들었다. 물론 독일에서도 휴가를 쓸 때 동료 간에 협의와 조정이 필요하기는 하지만, 기본적으로 내가 가진 휴가 일수가 명시되어 있고 거기에서 하나씩 그어나가면 되는 시스템이므로 마음이 한결 가볍다. 권리가 권리 대접을 잘 받는 느낌이랄까. 이곳에서는 팀원이 자꾸 초과근무를 하면 팀장이 불이익을 받는 경우가 많다고 한다. 팀원의 초과근무를 팀장의 업무 배분 능력과 리더십 부재로 인식하는 것이다. 휴식은 권리이기 때문이다. 누구에게나 자연스럽고 당연한, 그리고 굳이 이유를 설명할 필요가 없는.

코로나 바이러스가 무서운 속도로 번져가던 시기에도 이곳에서는 주말이면 병원이 대체로 쉬었다. DNA에 스피드가 각인되어 있고 국가 번호마저 +82인 나라에서 온 대한의 딸로서는 마음이 급했다. 우리나라 같으면 24시간 돌려서 빠르게 파악하고 신속히 차단할 텐데 왜 이렇게 느려터졌을까? 대체 왜 이렇게 허술하지? 지금 이 상황에서 병원이 쉬는 게 말이 되나? 그런데 나만 마음이 급하고 독일 사람들은 그런대로 참을 만한 모양이었다. 코로나 시기의 보건 인력이 우리의 영웅인 것은 맞지만 영웅의 칭호를 쓰는 일을 자제해야 한다는 이야기가 들려오자 조금씩 이해가 가기 시작했다. 그들도 영웅이기 이전에 어린아이의 엄마이고, 노모의 아들이고, 한 집안의 가장일 수 있으니까. 영웅이라는 찬사로 책임감을 계속 보태버리면 그들은 밥도 제대로 못 먹고 잠도 제대로 못 자고 인류를 구해야 할 테니까. 치명률이 높지 않은 바이러스로 장기전을 벌여야 하는 거라면, 영웅들을 자꾸 양산하지 않는 쪽이 좋을지도 모른다는 생각이 그때 비로소 들었다.

그들이 영웅이 아니라서가 아니다. 의료진 역시 자신의 삶을 보호받고 자유와 휴식을 누릴 권리가 있는 개인이기 때문이다. 그들을 영웅이라 칭하면, 자신을 돌볼 새도 없이 그 이름에 걸맞은 책임을 져야 한다는 부담감을 느낄 수 있다. 우리나라에서는 날로 다크서클이 늘어간 질병관리본부장님을 비롯해 주말을 헌납해 가며 불철주야 애쓴 분들이 계셨기에 차근차근 커브의 기울기를 줄여갈 수 있었고 모범적인 방역국으로서의 명성도 얻을 수 있었다. 한국 사람들에게는 위기의 순간에 대를 위해 소를 희생하는 정신이 기본으로 탑재되어 있다. 감사가 절로 우러날 수밖에 없는 귀한 마음이고 아름다운 정신 이다. 나는 마스크 자국이 깊게 파인 우리나라 의료진의 사진을 볼 때마다 우리 엄마 얼굴 보듯 눈물이 났다. 하지 만 이것을 계속 우리의 미덕으로 안고 가는 것이 좋을지, 이제는 한번 새롭게 생각해 보는 것도 필요하지 않을까. 밤잠도 못 자고 밥도 제대로 못 먹고 애쓰는 엄마를 생각 할 때 고마운 마음에 울컥하고 눈시울이 뜨거워지지만, 엄마처럼 살고 싶지 않은 마음이 드는 것 또한 사실이니 까. 이제는 많은 분들이 그렇게 살지 않았으면 좋겠다. 그 래서 우리 아이들 역시 어떤 상황에서도 스스로 자신의 안녕을 챙기고 타인의 안녕도 존중할 수 있도록, 그렇게 자라나면 좋겠다.

코로나 상황이 도통 나아질 기미를 보이지 않아서 모 두가 지쳐가던 어느 날, 반려인이 다니는 연구소에서 대 표직을 맡고 있는 교수가 (돌아가면서 리더를 맡는다고 한다) 전체 연구소 식구들에게 보낸 이메일도 인상적이었다.

"상황이 심상치 않아서 한두 달 내로 다시 봉쇄령이 내려질지도 모릅니다. 그러므로 당장은 새로운 연구를 시작하지 말고, 그 기간을 가장 건강하게 보낼 수 있도록 준비하기 바랍니다. 휴가를 쓰고 싶으면 쓰세요. 아직은 하이킹을 하거나 산책을 할 수 있을 때, 자연에서 가족과 좀 더 많은 시간을 보내면 좋을 겁니다. 또 다른 힘든 시기가 우리 앞에 놓여 있을 수 있으니, 마음을 돌보고 건강에 신경 써서 거기에 대비해야 한다는 사실을 잊지 마세요. 부디 새로운 연구를 시작해서 자신을 다그치려는 생각을 버리기 바랍니다."

이윤을 내야 하는 회사가 아니라 연구소라는 점이 이런 조치를 가능하게 하는지는 모르겠지만, 저 말을 듣는 데 내 귓속으로 박카스가 부어지는 느낌이었다. 듣는 것만으로도 힘을 주는 말들. 어떤 상황에서도 근본적으로 사람의 가치와 안녕을 생각한다는 점은 위기로 쪼그라든 마음을 어느 정도 펴주는 힘이 있었다. 나는 이런 경험들 위에 파이어아벤트라는 단어를 올려놓는다. 사람과 휴식과 축제를 소중하게 여기는 독일 사회를 잘 담는 단어라고 생각한다. 근로시간 제도를 두고 날 선 대립을 보이는 우리 사회를 되돌아보게 하는 단어이기도 하다.

말과 기린은 도망가는 것 말고는 자신을 지킬 재주가 없어서, 자다가 습격을 받았을 때 조금이라도 더 빨리 도망가기 위해 서서 잔다고 한다. 정진규 시인은 시 「서서 자는 말」에서 "애비는 서서 자는 말"이라고 썼다. "잠들어도 눕지 못했다"는 표현이 쓰였다. 가족을 지킬 재주가 달리 없어서, 잠들어도 눕지 못하고 서서 자는 말이 되었을 것이다. 그런데 인간 세상이 꼭 그래야 하는 걸까. 사회는 스스로를 지킬 재주가 없는 사람들에게도 든든한 울타리가 되어야 하고, 정치 공동체의 목적은 모두의 안녕일 텐데. 모두가 포근히 잘 수 있는 세상이면 좋을 텐데 우리 아이들은 공부하느라 한쪽 눈을 뜨고 자는 새가, 어른들은 숙면을 취하지 못하고 서서 자는 말, 밤새 깨는 소가 되고 있다.•

　강은교 시인은 저물녘에 우리가 가장 다정해진다고 했다. 그의 시 「저물녘의 노래」가 소설로 바뀌면 딱 이렇겠구나 싶은 부분을 백수린 작가의 단편 「고요한 사건」에서 발견했다.

• 　아버지가 "서서 자는 말"이라면 어머니는 밤새 깨는 소다. 어린 시절을 떠올려보면 아버지에게는 명목상으로나마 퇴근이 있었지만 대식구를 건사해야 했던 어머니에겐 그마저도 없었다. 오늘날의 엄마들도 크게 다르지 않은 것 같다. 퇴근하고 다시 집으로 출근하는 고된 삶. 파이어아벤트라는 단어는 그러므로 사회제도와 근로시간과 성 역할 같은 다양한 층위의 껍질이 고루 품어줘야 비로소 싹을 틔울 수 있는 씨앗 같은 것이다.

"사라져가는 태양의 빛줄기가 쇠락한 골목과 남루한 벽을 부드럽게 어루만지는 풍경을 바라보았다. 마치 검버섯 핀 노인의 얼굴을 쓰다듬듯이. 그러면 그 손길을 따라, 동네는 쪽잠을 청하는 고단한 노인처럼 주름이 깊게 팬 눈꺼풀을 천천히 감았다. 해가 지고 나면 대기에 남아 있던 온기도 노인의 마지막 숨결처럼 느리게 흩어져갔다."•

저녁은 이렇게 고단함을 어루만져 주는 시간, 우리가 가장 다정해질 수 있는 시간이 되어야 한다.

훈색이라는 이름의 색이 있다. 노을이 질 때 하늘에 보이는, 분홍에 노랑이 섞인 색이다. 색이름에 저런 따뜻하고 훈훈해 보이는 글자를 넣은 이유도 아마 비슷한 감각이 아닐까. 그동안 좋아하는 색을 묻는 질문에 소녀 시절 갈색에서 시작해서 지금껏 팔레트 하나를 다 돌았는데, 내가 요즘 가장 좋아하는 색은 훈색이다.•• 저물녘에 세상만사를 포근하고 따뜻하게 어루만져 주는 색, 인격이 있다면 아마도 가장 다정할 것 같은 색. 모두가 훈색을 보

• 백수린, 「고요한 사건」, 『여름의 빌라』, 문학동네, 2020, 93-94쪽.

•• 요즘 훈색 다음으로 마음에 들어오는 색은 어르신들의 빛나는 머리 색이다. 그 안에 인간의 생이 오롯이 담겼다고 생각하면 눈을 뗄 수 없는 색깔이다.

며 매일 따뜻한 온기를 느낄 수 있는 삶을 살면 좋겠다.
파이어아벤트라는 예쁜 독일어 단어를 첫머리에 소개하
는 이유다.

S

인사,

E

매일

R v

건네는 U

말

S

!

SERVUS!

신형철 평론가의 강의를 듣다가 굉장히 인상적인 프랑스 인사말을 만났다. "무엇으로 고통받고 있나요?*Quel est donc ton tourment?*" 독일에 살지만 옆 나라 말은 뚜레쥬르와 파리 바게뜨밖에 모르는 나로서는 어떻게 읽는지조차 모르겠는데 "안녕!"과 같은 의미라고 했다. 이 인사말의 의미를 꺼내 들었던 철학자 시몬 베유의 문장이자, 이 문장으로 시작하는 시그리드 누네즈의 소설 제목이기도 하다고. 프랑스에 8년째 거주하는 분이 자기는 아직 들어본 적 없는 인사말이라고, 친밀한 관계에 쓰는지는 모르겠지만 일반적으로 쓰는 인사말은 아닌 것 같다고 알려주었다. 하지만 이렇게 덧붙였다. "그래도 왠지 이런 인사말을 들어보고 싶네요."

공감한다. 한 번쯤 들어보고 싶고, 들으면 마음이 먹먹해질 것 같은 인사말. 사실 나는 낙천적인 데다 낯을 가리는 편이라서 만나는 사람마다 저렇게 고통을 물어오면 부담스러워 도망가고 싶을 것 같다. 인사를 긴 대화로 바꿀지를 상대에게 가볍게 넘기는 "잘 지내요?", "별일 없지?" 정도가 편하다. 그래도 듣는 순간 저 인사가 참 좋았다. 대놓고 맑게 고통을 물어보니 새삼 마음을 두드린다. 덕분에 매일 기계적으로 꺼내는 인사의 의미를 낯설게 손끝으로 만져보았다. 타인의 고통을 묻고, 답을 듣고, 공감을 하는 것이 인사의 의미였구나.

인사는 우리가 매일매일 공처럼 주고받는 말이다. 아이의 작은 손을 잡고 유치원에 데려다주는 아침이면 얼마나 많은 알록달록한 공들이 내게로 우르르 쏟아지는지. 외국어를 배울 때 가장 먼저 배우는 말인데 그 의미를 곱씹어 본 적은 별로 없는 것 같다. 처음으로 되돌아보았다. 매일 건네는 인사는 나라마다 어떤 마음을 담고 있는지.

안녕安寧은 아무 탈 없이 편안한지를 묻는 말이다.• 무엇으로 고통받고 있는지 묻는 것과 결이 같다. 우리는 따뜻한 눈을 하고 상대를 바라보며 안녕하셨냐고, 잘 지냈냐고, 밥은 먹었냐고 묻는다. 지인이 그러는데 한국에 온

• 문지혁 작가의 소설 『초급 한국어』에는 '안녕하세요?'라는 인사말을 어떻게 번역하느냐고 묻는 미국 학생들에게 "Are you in peace?"라고 답변하는 주인공이 등장한다. 우리는 매일 상대의 평화를 살피는 사람들이다.

지 1년 된 인도인 엄마가 묻더란다. 한국 사람들이 왜 자꾸 자기한테 밥 먹었냐고 묻냐고. 식사 여부와 더불어 종종 메뉴까지 묻는 이 당황스러운 인사에는 상대의 섭생까지 챙기는 다정한 마음이 들었음을 외국인들이 알아주면 좋겠다. 밥은 먹었니. 아마 배고팠던 시절에는 가장 큰 고통을 걱정하는 따뜻한 안부였을 거다.

이렇게 우리는 서로가 평안히 지내기를 바라는 마음을 인사에 담는다. 인용한 프랑스어 인사말이 직접적으로 고통을 물어보니 마치 얼음물에 손을 담근 것처럼 새롭게 느껴졌지만, 실상 우리가 무수히 건네온 인사들은 온도감이 조금 미지근할 뿐 물이라는 본질은 같다. 국경과 상관없이 우리는 너의 아침이, 낮이, 저녁이, 밤이, 아름답고 편안하기를 기원하는 인사를 나눈다. 네팔에서 살다온 친구에게 처음 들었던 '나마스테'라는 인사말은 나의 영혼이 당신의 영혼을 인정하고 존중한다는 뜻이라고 했다. 한 지인은 'Pura vida!(영어로는 Pure life!)'라는 인사말에 끌려 코스타리카 여행을 계획했다고 한다. 도대체 그런 인사를 매일 주고받는 사람들의 나라는 어떤 곳인지 궁금해서. 이렇게 보면 하루에도 수없이 나누는 인사란 얼마나 따뜻하고 놀랍고 아름다운 말들인지.

독일어 인사는 영어 표현과 크게 다르지 않다. 상대에게 좋은 아침과 낮, 저녁, 밤을 기원하는 구텐 모르겐!(Guten Morgen!, 앞 단어를 생략하고 모르겐만으로 인사하는 경우가 다반사다. 실제 발음은 '모어겐'에 가깝다), 구텐 탁!Guten Tag!, 구텐 아벤트!Guten Abend!, 구테 나흐트!Gute Nacht!가 있고 격식 없이 일반적으로 쓰는 할로!Hallo!가 있다. 영어 인사말 헬로가 옛 독일어 halâ, holâ에서 왔다는 사실도 이 글을 쓰면서 알게 되었다. 원래는 그냥 상대의 주의를 끄는 말이나 감탄사에 가까웠는데, 전화가 발명되고 나서 토머스 에디슨이 전화를 받을 때 'Hello!'를 쓰자는 제안을 하고 그게 받아들여져 오늘날 널리 쓰는 인사가 되었다고 한다. 정작 전화를 발명한 그레이엄 벨은 '아호이!Ahoy!'라는, 왠지 후크 선장이 생각나는 단어를 쓰고 싶어 했다고.

헤어질 때는 다시 보자는 뜻의 아우프 비더제엔!(Auf Wiedersehen!, 앞을 생략하고 비더제엔만 쓰는 경우가 많다), 이탈리아어에서 온 챠오!Ciao!도 쓰지만 가장 자주 쓰는 말은 취스!(Tschüs!, 끝에 s를 두 개 붙여 Tschüss라고 쓰기도 한다)다. 소리가 키스처럼 들리기도 하고 실제로 발음할 때 뽀뽀하는 것처럼 입술이 동그랗게 앞으로 나오기에 귀엽다고 생각하는 인사다. 헤어질 때 상대에게 작은 입술 자국을 남기는 느낌으로 말하곤 한다. 취스!

나는 독일 남부 바이에른 지역에 사는데, 이곳에는 특별히 널리 쓰는 인사말이 따로 있다. Servus!(제르부스!, 실제 발음은 '제어부스'에 가깝다.) 우리말 '안녕'처럼 만날 때도, 헤어질 때도 쓴다.* 그런데 이 단어가 참 특이하다. 영어로 노예나 종을 뜻하는 slave, servant의 라틴어 단어에서 왔다는 것. 그러니까 나는 사람들을 만나면 활짝 웃으며 "노예!"라고 인사하는 곳에서 살고 있는 셈이다. 처음에 제르부스의 어원이 노예임을 알게 됐을 때, 머릿속에 오만 가지 생각이 몰아쳐 대체 어떤 표정을 지어야 할지 몰랐다. 그런데 가만히 곱씹어 보니 마음속에 사르르 온기가 번지기 시작했다.

독일 남부는 일상에 종교적 영향이 강하게 남아 있는

---

* 오스트리아에서도 이 인사가 널리 쓰인다. 독일 남부와 오스트리아에서 널리 쓰이는 또 다른 인사로 '그뤼스 고트!Grüß Gott!'라는 표현도 있다. '인사'를 뜻하는 단어와 '신'을 뜻하는 단어가 만난 것으로, 신의 은총을 기원하는 인사말로 해석하면 된다. 독일 남부는 가톨릭 영향이 강한 곳이라 인사말에도 종교적인 뉘앙스가 널리 남아 있는데, '피엇 디!(Pfiat di!, 신께서 너를 보호하기를)'라는 작별 인사도 자주 쓰인다. 참고로 독일 북부에서는 '모인!Moin!' 혹은 '모인 모인!Moin moin!'이라는 귀여운 인사말을 많이 쓴다고 한다. 한 번만 말하든 두 번 연거푸 말하든 '안녕!'이라고 해석하면 된다.

곳이다. 제르부스라는 인사말은 "이 몸은 주님의 종입니다" 같은 성서 속 표현에서 기원을 찾는다. 비슷하게 서로에게 "I'm your servant", 즉 "저는 당신의 종입니다"라고 말하는 것이다. 내 앞에 있는 너를 마치 신처럼 여기고 나를 낮추겠다는 마음이 지금까지 남아 전해진다는 사실은 참 뭉클하다. 특히 전국 노래 자랑에 버금가는 전국 갑질 자랑으로 도배된 사회면 뉴스에 지친 마음에는 더더욱 그렇다. 우리 모두는 갑이 되길 바란다. 을, 병, 정도 모자라 무기경신임계까지 물고 물리는 사슬에서 어떻게 하면 나를 조금 더 앞쪽에 놓을 수 있을지 고민한다. 만만해 보이는 사람 앞에 서면 자동적으로 가슴이 펴지고 어깨에 힘이 들어가며 고개가 치켜올라가 거북목이 교정되는 것이다. 특히 서비스 직종에 있는 분들에게 유독 무례하게 굴어 사회적 이슈가 되고 공분을 사는 사람들을 자주 본다. 이런 상황에서 "저는 당신의 종입니다, 제가 당신을 섬기고 살필게요"라고 말하는 인사는 특별하게 느껴진다. 처음에는 낯설었지만 지금은 활짝 웃으며 온 마음으로 쓰는 인사다.

이런 이야기를 전해 들은 한 지인이 놀라워했다. 시대가 바뀌고 무수한 역사가 만들어지는 동안 의식주며 문화 같은 것들이 바뀌고 또 바뀌었는데도, 당시의 생활 언어로 태어난 인사법이 오늘날까지도 그대로 이어져 살아남은 것은 정말 경이롭다고. 그 말을 듣고 나는 연필을 떠올렸다. 독일어로 연필을 블라이슈티프트Bleistift라고 하는데, 흑연이 나오기 전에 납으로 글씨를 썼던 흔적이 아직까지 남아서 앞에 '납'이라는 뜻의 '블라이Blei'가 붙어 있는 것이다.● 연필에 흑연이 쓰이기 시작한 게 16세기인데, 21세기가 되도록 납 성분이 연필이라는 단어에서 빠지지 않고 아직껏 살아남은 건 정말 신기한 일이다. 독성이 있는 납은 아주 오랜 시간에 걸쳐 결국 흑연으로 대체되었지만, 내가 스스로를 낮춰 당신을 섬기겠다는 이 해독제 같은 마음은 오래도록 대체되지 않고 남아주기 바란다. 그런 의미에서 제르부스라는 인사말은 세상의 독성을 정화시키는 고대 주문 같은 것인지도 모른다.

● 필기구에 관한 자료를 연구하는 영국 런던대학교 산하 리서치 컬렉션이 제공하는 정보에 따르면, 꼭 연필처럼 생긴 가느다란 납 막대기가 중세 시대에 필기도구로 널리 사용되었다고 한다. 그야말로 블라이(납) 슈티프트(막대기)가 연필의 전신이었던 것이다. 참고로 흑연이 나오기 전에 연필심으로 썼던 블랙 리드black lead는 이름 때문에 당시 사람들이 납lead의 일종으로 알았지만 납은 아니다.

한국에서 우리는 낯선 사람에게 인사를 잘 건네지 않는다. 무표정하게 서로를 지나친다. 기본적으로 눈을 마주치는 것을 꺼리는 문화다. 상대의 얼굴을 보며 살짝 웃기라도 하면 '저 아세요?'의 당황스러운 얼굴을 마주하게 되거나, 혹시 시비라도 거는 건가 싶어 경계하는 표정이 돌아오기도 한다. 사실 흉흉한 일이 많다 보니 모르는 이와 눈을 마주치는 것이 혹여 좋지 않은 사건의 발단이 될까 두렵기도 하다. 그래서 우리는 보통 시선을 타인의 손이나 들고 있는 물건, 전체적인 분위기와 움직임에 떨구어두고 무심한 듯 예민하게 상대를 살핀다.

하지만 마주치는 이들과 인사를 나누는 문화권에 살다 보니 알게 되었다. 낯선 타인에게 다정한 인사를 받는 일이 내 기분을, 내 하루를, 정말로 근사하게 만든다는 사실을. 선글라스를 끼고 강아지를 앞세워 지나가는 멋쟁이 할머니가 환한 미소로 "Guten Morgen, schöne Dame!(안녕하세요, 예쁜 부인!)"라고 인사해 주셨던 어느 봄날 아침, 내 마음이 얼마나 따끈한 빵처럼 고소하게 부풀었는지 모른다. 자전거를 타고 밀밭 길을 지나는 아저씨가 싱글벙글한 표정으로 건네는 인사를 받으면 꼭 상쾌한 산들바람이 내 곁을 쓱 스쳐간 기분이고, 골목에서 마주친 아이들이 나를 보고 귀여운 입술로 "할로!" 하고 인사하면 내 안에 불이 반짝 켜지는 느낌이다. 사실 같은 독일이라도 사람들의 걸음이 빠른 도시에서는 인사를 건네기가 어렵다. 그래도 적어도 눈이 마주치면 미소를 나누고 다정한 눈길을 보낸다. 낯선 이에게 보내는 부드러운 미소는 안전하고 평화로운 사회에 대한 믿음, 사회 구성원에 대한 기본적 신뢰의 문제일지도 모른다.

국어사전에서 '인사'를 찾다 재미있는 사실을 발견했다. '人事'라는 한자어를 공유하는 두 가지 단어가 있었는데 둘을 엮어보니 묘했다. 하나는 "마주 대하거나 헤어질 때에 예를 표함. 또는 그런 말이나 행동", 다른 하나는 "사람의 일. 또는 사람으로서 해야 할 일". 그러므로 우리가 서로에게 인사를 건네는 일은 사람으로서 마땅히 해야 하는 일이 아닐까.

하루에 만나는 수많은 사람들이 내 곁에서 무탈히 지내줌으로써 우리는 평온을 얻는다. 서로에게 웃으며 인사를 건네는 일은 함께 살아가는 이들에 대한 존중이자, 그들의 일상을 향한 응원이다. 꼭 알지 못하는 타인이라 할지라도 ─ 실은 내가 그를 모르기에 더욱 ─ 인사를 나누는 일은 의미가 있지 않을까. 공동체의 일원인 내 곁의 시민에게 안녕을 묻는 일. 무심하게 해왔지만 세심하게 해야 할 일이다. 스스로를 낮추어 상대를 존중하는 마음으로 바라보고, 서로가 고통 없이 편안하기를 바라는 마음으로 아주 엷은 미소라도 나누며 하루를 시작하면 어떨까.

GEFALLEN

당신이
내
마음에
들어오는
방식

독일어 문형 중에 특이한 구조를 취하는 동사가 몇 있다. 그중 자주 쓰이는 동사가 '무엇이 마음에 든다'는 뜻의 gefallen(게팔렌)이다. 나는 마음에 든다는 뜻의 이 동사가 마음에 든다.

Maria gefällt Ludwig.
마리아 게펠트 루트비히.

잠깐, 누가 누구를 좋아한다고? 마리아가 루트비히를? 루트비히가 마리아를? 이 동사는 가끔 주어와 목적어를 달콤하게 헛갈리게 만든다. "저요." 루트비히가 발그레한 볼로 손을 든다. "제가 마리아를 좋아해요." 보통은 주어가 주체가 되는 것이 일반적인데 이 동사는 목적어가 될 단어를 맨 앞으로 뺀다.

gefallen은 자기 앞에 놓이는 단어에 빛을 주면서 그게 누군가의 마음속으로 들어왔다고 표현하는 구조를 만든다. 그것은 거기에 있고, 그게 내 마음에 들어오는 구조. 당신의 자리를 먼저 만들고 그 옆에 내 자리를 조금 작게 만들어둔 듯한 문장. "나는 그걸 좋아해"라는 문장은 내가 주어로서 권위를 가지고 대상을 두 손으로 단단히 움켜쥐는 느낌이라면, 이 문장은 내가 그 곁으로 다가가 다정하게 바라보는 모양새다. 마리아가 루트비히의 마음속으로 반짝 빛나며 들어온 것이다. 루트비히는 마리아를 손에 쥐려고 하기보다 그저 눈에 담고 기뻐한다.

빛에 관련된 단어로 조도와 휘도라는 것이 있다. 조도는 단위 면적이 단위 시간에 받는 빛의 양, 휘도는 광원의 단위 면적당 밝기의 정도를 뜻하는 단어다. 그러니까 조도가 특정한 면적에 물리적으로 직접 도달한 빛의 양을 일컫는다면, 휘도는 그렇게 도달한 빛이 반사되어 우리 눈에 얼마나 들어오는지를 측정하는 개념이다. 나는 이 단어를 물리학자가 아니라 시인에게서 배웠다.

"당신의 눈동자에 건배!"라는 저 유명한 <카사블랑카>의 대사가 세기의 고백일 수 있었던 까닭을 생각해본다. 이 문장은 조도가 아니라 휘도의 방식으로 작동한다. 내가 여기 있어서 당신을 사랑하는 게 아니에요. 당신이 먼저 거기 있기에 이렇게 나도 당신 눈 속에 담

클로드 모네Claude Monet, <까치|The Magpie>, 1868-1869

길 수 있습니다."•

클로드 모네의 〈까치〉라는 작품이다. 처음 이 그림을 보았을 때, 동그랗게 뭉친 눈덩이로 뒤통수를 툭 맞은 것 같은 느낌이었다. 눈 내린 풍경으로 이토록 빛의 감각을 충만하게 전할 수 있다니. 그동안 빛이라는 건 다분히 여름의 영역이라고 생각했다. 작열하는 태양의 에너지라든가 꿀처럼 노랗고 끈끈하게 흐르는 빛의 감각 같은 것. 여름이 아니더라도 봄의 훈훈하고 촉촉한 햇살, 가을의 바삭거리는 햇빛 같은 걸 떠올리곤 했지 겨울을 떠올린 적은 없었다.

그런데 이 겨울의 장면은 온통 빛이었다. 선입견을 너무나 환하고 따뜻하게 부숴주었기에 모네 그림 중에서 가장 좋아하는 작품이다. 여름의 직사광선이 조도라는 단어를 감각하게 한다면, 쌓인 눈에 반사된 이 환하고 부드러운 빛은 휘도라는 단어의 광채다. 여름의 그림자는 검지만 겨울의 그림자는 눈 위에 푸르게 내려앉았다. 눈 위에서 한 번 반사되었기에, 너의 위에 내려앉았기에 특

• 안희연, 『단어의 집』, 한겨레출판, 2021, 61-62쪽.

별한 색을 얻은 것이다.

gefallen이라는 동사도 휘도의 방식으로 작동한다. 휘도라는 개념을 떠올리면 보이지 않는 수많은 빛의 굴절 속에 서 있는 느낌이 든다. 나라는 존재와 우리 인생 자체가 이렇게 무수한 굴절을 통해 닿아오는 관계 속에 있다. 그런 의미에서 gefallen은 우리가 세상과 관계를 맺는 방식에 관한 아름다운 동사다. 인간이란 나 혼자 빛날 수 없고, 애초에 빛이란 건 내 안에 있지 않다. 내가 당신을 통해서 존재한다는 것. 주체와 객체라는 조금은 차가운 관계를 이렇게 한 번 빛처럼 꺾어보는 일. 세상의 모든 문장이 '나는'으로 시작하지는 않는다는 깨달음.•

Das Bild gefällt mir.

그 그림이 나를 기쁘게 하네요.

Gefällt dir das Buch?

그 책이 당신 마음에 드나요?

• 칠레 작가 뱅하민 라바투트도 다음과 같이 말했다. "우리가 이해하려는 대상이 복잡할수록 다른 관점을 가지는 것이 더 중요해진다. 그래야 이 광선들이 수렴하여 우리가 많음을 통해 하나를 볼 수 있기 때문이다. 이것이 참된 시각의 본질이[다]." 뱅하민 라바투트, 「심장의 심장」, 『우리가 세상을 이해하길 멈출 때』, 노승영 옮김, 문학동네, 2022, 105쪽.

Die Farben gefallen ihnen.

색상이 그들 마음에 들었어요.

사실 gefallen이라는 동사는 이렇게 사람보다는 사물에 압도적으로 많이 쓰인다. 사람이 아닌 것들이 주목받을 수 있는 문장, 누군가의 마음에 든 것을 제일 앞자리에 놓아두고 기쁘게 바라보는 문장들. 그래서 나는 이 동사가 더욱 좋다. 구조적으로 다원성에 초점이 주어지는 문형. 이 세상이 나(라는 폭군)의 왕국이 아니라는 증거. '나는'으로 시작하는 문장은 나에게 조명을 비춰달라는 느낌이지만, 이런 문장들은 한 발 비켜서서 따뜻하고 은은한 빛을 반사한다. 당신이 빛나도록 내가 여기 서 있을게요.

gefallen이 사람에 쓰일 때는 '나는 저 사람이 좋아'보다는 '나 저 사람이 마음에 들어, 저 사람 괜찮은 것 같아' 정도의 느낌이다. 눈이나 귀로 감각하고 마음에 들어 하는 상태. 그러고 나서 좀 더 알게 되어 좋아하는 마음이 생긴다면 비로소 mögen(뫼겐: 좋아하다)이라는 동사를 쓰면서 그 감정을 느끼는 주체를, 즉 나를 주어로 세운다. 그리고 마음이 더 깊어진다면 결국 알쏭달쏭한 그 단어, lieben(리벤: 사랑하다)을 꺼내게 되겠지. 이 단어를 꺼내도 되는지, 내가 주어이고 그대가 목적어인 것이 맞는지 계속 고민하면서. 누군가가 내 마음에서 무수한 반사와 굴절을 거쳐 자리 잡는 모양새란 그런 것이다. 사랑이란 원래 '내가'로 단단하게 시작하는 게 아닌 거니까. 그리고 사랑이란 내가 꺾여서 당신에게 도달하고, 당신 역시 꺾여서 나에게 도달하는 거니까. 당신이라는 빛이 내 눈에 담기기까지의 많은 반사와 굴절들을 생각하면 오늘도 눈부시다.

11 . 01

우리가

세상에

vs .

놓이는

1 . 11

순서

미국에서 독일로 삶의 터전을 옮길 때, 10년을 살아도 당최 적응이 되지 않는 도량형과 홀가분하게 이별할 수 있어 기뻤다. 파운드lb, 피트ft, 갤런gal, 화씨℉ 같은 몹쓸 것들. 그 앞에 숫자가 있다 한들 내게는 정보가 되지 않았다. 내 몸무게가 늘었는지 줄었는지 알 수가 없어 10년 동안 몹시도 평온한 삶을 살았다.

그러나 독일에도 그에 못지않은 복병이 있었으니 바로 숫자 읽는 법과 날짜 쓰는 법이었다. 먼저 숫자 읽는 법을 살펴보자. 25를 읽을 때 우리는 '이십오'라고 읽지만 독일에서는 '퓐프운트츠반치히(fünfundzwanzig, 영어로 표현하면 five and twenty)', 즉 '5와 20'이라고 읽는다. 우리말이나 영어와는 달리 21부터 99까지의 숫자는 뒤에서부터, 즉 일의 자리부터 읽는 것이다. 따라서 123,456이라는 숫자를 읽을 때 우리는 1-2-3-4-5-6 순서로 읽어나가지만 독일은 1-3-2-4-6-5 순서로 읽게 된다. 긴 숫자는 세 자리씩 끊어서 읽되 뒤의 두 자리는 뒤에서부터 읽으니, 서울-대전-대구-부산순으로 찍지 않고 서울-대구-대전-제주-부산순으로 찍는 정신 사나운 행로에 그야말로 노랫말처럼 "주저앉아 울고" 싶은 심정. 그래서 123,456은 '아인훈더트드라이운트츠반치히타우젠트피어훈더트젝스운트퓐프치히einhundertdreiundzwanzigtausendvierhundert sechsundfünfzig'라고 읽는다. 참고로 한 단어다. 우리는 만 단위로 띄어 쓰지만 독일에는 숫자에 띄어쓰기 따위 없다. 보고 있으면 호흡곤란이 온다.

처음에는 어찌 이리 요망한 시스템이 있나 싶었지만, 생각해 보니 요망한 것은 오히려 영어 쪽이었다. 따지고 보면 영어에서는 13thirteen부터 19nineteen까지는 뒤쪽 숫자를 먼저 읽다가 21twentyone부터 다시 태도를 바꿔 앞쪽부터 읽는 셈이다. 서양에서 숫자를 I, V, X 등 로마자로 표기하던 시절에 숫자를 앞에서부터 읽는 방법과 일의 자리부터 읽는 방법, 이렇게 두 가지 방법이 공존했고, 시간이 지나면서 나라마다 그중 하나를 선택했을 뿐이라고 한다. 영어는 두 시스템이 혼재된 상태로 남았고, 독일어는 영어보다 일관성 있는 녀석이었다.

이 낯선 시스템 안에서 나의 영혼은 종종 안드로메다 급행열차를 타곤 했다. 물건값을 물을 때 맨 앞에 나오는 일의 자리 수만 듣고서 '이렇게 비싸다고?' 하며 기겁하기 일쑤였고, 순서를 거꾸로 알아듣고는 너무 적거나 너무 많은 돈을 내서 사람들을 당황시키곤 했다. 그런데 독일인들도 나름대로 분투하는 모양이다. 숫자를 일의 자리부터 읽다 보니 독일 사람들은 비밀번호나 핀 넘버를 입력할 때 실수가 잦다는 연구가 있다. 7년째 독일에 살면서 독일 사람들이 귀엽다는 생각을 해본 적이 없는데, 이 연구 결과는 좀 귀여웠다.

독일인들의 이 일관성은 날짜 쓰는 법에도 이어진다. 우리는 큰 덩어리부터 앞에 둔다. 2024. 1. 11. 즉, 연도-월-일순으로 쓴다. 독일에서는 정반대로 일-월-연도순이다. 11. 01. 2024. 처음에 굉장히 헷갈렸다. 이게 대체 1월 11일이라는 거야, 11월 1일이라는 거야? 영어는 여기에서도 요망하게 한 번 커브를 틀어서 월-일-연도순으로 쓴다. 1. 11. 2024. (주의할 점은 미국식 영어에서만 그렇고 영국에서는 독일처럼 일-월-연도순이라는 것.)

이곳에서 숫자와 관련해서 헷갈릴 일은 그 밖에도 많다. 영어에서는 million, billion, trillion의 순으로 가지만 독일어는 Million, Milliarde, Billion, 즉 빌리언이 트릴리언이다. (만 단위만 넘어가도 어버버 하는 나에게는 빌리언이고 나

발이고 그냥 모두 빌런이다.) 독일에서는 우리가 건물 2층이라고 부르는 층부터 1층으로 셈하는 것도 주의해야 한다. 한국식으로 1층은 0층으로 표시하거나 에어트게쇼스(Erdgeschoss, 직역하면 땅 층)라고 한다. 지금은 조금 익숙해졌지만, 처음에는 3층에 있다는 진료실을 찾아 계단을 오르내리며 얼마나 유산소운동을 해야 했는지. 오후 시간을 말할 때도 두 시가 아니라 14시, 즉 13시부터 24시까지는 두 자릿수를 쓰기 때문에 약속 시간을 정하려면 손가락을 일일이 꼽아가며 계산을 해야 한다. 어, 그러니까 내가 너를 다섯 시 반에 만나고 싶은데 다섯 시가 뭐였더라? 그러니까 열두 시에다가 다섯 시간 반을 더하면… 우리는 과연 만날 수 있을까.

불편하지만 신기했다. 이곳의 세상은 다른 틀 위에 놓여 있다는 신선함. 세상은 단순하게 한 가지 방식으로만 파악되지는 않는다는 사실을 나는 독일어 숫자 시스템에서 느낀다. 앞서 말했듯 우리는 큰 것을 먼저 둔다. 날짜도 연도부터, 사람 이름도 가족을 나타내는 단위인 성姓부터 먼저 쓴다. 전체적인 것부터 펼쳐놓고 그 안에서 나의 위치를 잡는다. 세상이 먼저 존재하고, 거기에 내가 끼워지는 느낌이다. 전통적인 산수화를 보더라도 커다랗게

펼쳐진 자연 속에 인간은 개미만 한 모습으로 등장하곤
한다. 겸재 정선이 박연폭포를 그린 그림에서 작고 귀여
운 조상님들을 한번 찾아보시길. 그렇게 기본적으로 세
상에 놓인 자아의 사이즈가 작다. 게다가 큰 범주에서 작
은 범주로 가는 사고방식에다 장유유서長幼有序라는 윤리
도 결합해 두었다.• 큰 것부터, 어른 먼저.•• 그래서인지
나를 뒤로 물리고 공동체를 위해야 한다는 생각, 나이라는
숫자를 중요하게 여기는 마음, 대를 위해서는 소를 희생해
야 한다는 사고 같은 것들이 어느 정도는 자연스럽다.

반면에 이곳 독일에서는 나를 중심에 놓고 세상을 배
치한다. 내가 중심이고 주변부는 뒤로 간다. 나와 가장 가
까운 것부터 셈하고 작은 단위부터 신경 쓴다. 나이 차이
에는 크게 신경을 쓰지 않지만 어린 사람을 중요하게 챙

• 오륜의 하나인 장유유서는 원래 나이를 따지는 사회적 윤리라기보다는 항렬과 적서를
따지는 친족 간의 윤리라고 한다. 쉽게 말해 무조건 나이순인 것은 아니라는 말이다.

•• 작은 것부터, 즉 나 자신에서 출발해서 가정, 그리고 국가와 천하에 이르는 '수신제가
치국평천하'라는 말이 있지 않느냐고 반론을 제기할 수 있겠다. '수신제가치국평천하'
는 인식론이 아니라 방법론이다. 세상에 대한 인식은 '큰 것 안의 나'지만, 방법론적으
로는 내 주변의 작은 것에서부터 정성을 다해야 큰 것에 닿을 수 있다는 뜻이다. 그리
하여 결국 모든 것의 경영은 본질이 다르지 않다는 사실을 담은 말이 '수신제가치국평
천하'다.

정선, <박연폭>, 18세기

긴다. "Der jüngste Spieler fängt an(가장 어린 사람부터 시작합니다)." "Der jüngste Spieler würfelt zuerst(가장 어린 사람이 제일 먼저 주사위를 던지세요)." 보드게임을 하더라도 이런 문구가 거의 모든 게임 설명서에 들어 있는 것을 보면서, 나이 든 아줌마는 왠지 기분이 좋았다. 아이들은 그렇게 약자를 배려하는 태도를 세상의 당연한 규칙처럼 익혀 습관으로 만든다.

미국의 사회심리학자 리처드 니스벳은 『생각의 지도』라는 책에서 '전체'를 보는 동양과 '부분'을 보는 서양에 관해 이야기한다. 그에 따르면 동양인들은 종합적으로 파악하려는 성향이 있어 부분보다는 전체에 주의를 더 기울이고, 사물을 독립적으로 파악하기보다 다른 사물과 맺는 '관계'를 통하여 파악한다고 한다. 반면 서양의 분석적인 사고방식은 주인공인 사물과 사람 자체에 주의를 돌리고, 관계보다는 '논리'에 주목한다는 것이다.

개인적으로는 동서양을 가르는 명확한 선이 있는 것인지에 대한 의구심이 있고 문화로 모든 것을 설명하려는 태도를 항상 경계해야 한다고 생각하지만, 대략적인 성향이라고 생각하면 꽤 설득력 있는 주장이다. 큰 것부터 차례로 쓴 날짜를 우리는 편지의 맨 끝에 위치시키고, 일-월-연도순으로 쓴 날짜를 독일 사람들은 편지의 가장 윗줄에 적고 내용을 시작한다는 점도 흥미롭다. 관계를 중시하는 쪽에서는 우리 사이의 볼일이 다 끝난 뒤에 날짜를 얌전히 맨 끝에 놓아두고, 논리와 인과를 중시하는 쪽에서는 순서와 숫자를 가장 앞에 두는 것이 아닐까 생각해 본다.

언어가 생각을 담는 그릇이라면, 같은 상황에서 개체를 중요하게 여기는 서양인은 명사를 사용하고 관계를 중요하게 여기는 동양인은 동사를 사용한다는 점도 주목할 만하다. 상대방에게 차를 더 권할 때 영어로는 "More tea?"라고 하지만 한국어에서는 "(너) 더 마실래?" 또는 "(제가) 더 드릴까요?"라고 하는 점. "오이 안 좋아해요?"라는 물음에 한국인 오이 헤이터들은 "네"라고 상대의 물음을 중심에 둔 관계적인 답을 하지만, 독일인들은 "Nein(아니요=안 좋아해요)"이라고 나를 중심에 둔 1인칭 관점으로 대답한다.

딱히 어떤 쪽이 더 명확하고 좋다거나, 한쪽이 다른 쪽을 배워야 한다거나 하는 이야기를 하려는 것은 아니다. 그저 다를 뿐 우열은 없다. 모든 것에는 나름의 장단점이 존재한다. 사실 장단점이라는 것은 딱 잘라 나누기 어려운, 같은 이름의 다른 얼굴이기도 하다. 무던한 사람이라는 칭찬은 흐리멍덩한 사람이라는 비판과 손을 잡고 다니니까. 그러므로 세상의 무수한 장단점들은 사실 그저 어떤 특성의 두 얼굴이라고 생각한다. 거기에 (누구의 기준이고 편의인지는 모르겠으나) 편의상 우열의 가치를 붙였을 뿐이다.

그러므로 우리와는 다른 쪽을 바라보며 우리가 할 일은, 서열을 매기거나 우월감 또는 열등감을 느끼는 것이 결코 아니다. 건물 자체의 압도적인 높이와 웅장함으로 신의 권위를 느끼게 하는 독일의 성당도 좋지만, 겹겹이 펼쳐지는 능선 속에 폭 들어가 인간 존재가 놓인 자리를 돌아보게 하는 한국의 전통 사찰도 아름답다.* 나는 한 아이의 엄마지만 이 우주의 아이이기도 하다. 엄마로서 한 아이의 우주가 되어 한없이 커져야 할 때가 있지만, 나 역시 우주의 아이로서 나의 자아가 작아질 때 그 관계 안

---

* 이 비교는 브런치스토리에 올라온 월하랑 작가의 글, '천년의 돌이 완성한 한 편의 추상미술'에서 가져왔다. 월하랑 작가는 부석사에 관해 설명하며 다음과 같이 말했다. "서양의 성당은 압도적으로 높은 천장을 통해 신의 존재를 느끼게 했다면, 한국의 사찰은 겹쳐진 능선들 속에서 아득함을 느끼며 겸허함을 불러일으킨다."

에서 받는 아름다운 위로가 있다. 커다란 자화상도 흥미롭고, 자연과 군중 속의 조그만 누군가를 그린 그림도 재미있다. 그러므로 우리가 가진 것을 깨닫고 기쁜 마음으로 누리며, 아쉬운 것이 있다면 한번 고민해 보고 생각의 경계를 넓혀본다면 좋지 않을까.

사물의 속성 자체에 관심을 기울이며 자라난 아이들은 자연스럽게 스스로를 독립적인 주체로 상정하고 세상을 바라볼 것이다. 자아의 무게감이 있어 쉽게 팔랑거리지 않고, 나의 생각과 욕구를 더 잘 들여다볼 수 있지 않을까. 한편 다른 사람과의 관계에 초점을 두며 자라난 아이들은 자신의 행동에 영향을 받는 사람들을 더 잘 보고 잘 듣는, 예민한 사회적 촉수를 가지게 될 것이다. 타인의 마음을 잘 읽어내는 보드라운 사람으로 자랄 수 있지 않을까. 분석과 논리도 중요하지만, 관계와 맥락을 보지 못하는 논리는 종종 폭력적으로 느껴지기도 하니까.

우리는 큰 방향으로의 성장도 할 수 있지만, 작아지는 방향으로의 성장도 할 수 있다. 성장에는 주체성과 독립성도 반드시 필요하지만, 관계성을 배우고 아득함이나 겸허함 같은 말들을 배우는 것도 무척 중요한 성장이다. 내가 만들어지는 것도 중요하지만, 그렇게 만들어진 내가 작아지는 경험을 통해 나는 더 편안해지고 유연해진다. 또 그렇게 만든 세상의 여백 위에는 나와 어울려 살아갈 네가 설 자리가 생긴다.

다만 다른 사회와의 비교를 통해 한번 생각해 보면 좋겠다. 우리 사회가 어느 쪽을 향해 몸을 기울이고 있으며, 무엇 앞에서 뒤돌아 앉아 있는지. 어린 시절, 어른들은 '큰일' 하는 사람이 되라고 내 머리를 쓰다듬어주곤 했다. 나는 세상엔 큰일과 작은 일이 있구나 생각하며 자랐고 큰일을 우선하는 걸 당연하게 여겼다. 일보다 월을, 월보다 연도를 당연하게 앞에 두듯이. 그런데 살다 보니 세상 사람들이 큰일이라고 하는 것이 반드시 큰일은 아닌 것 같았다. 더 중요하게는, 큰일과 중요한 일은 동의어가 아니라는 의심도 들었다.

책의 첫머리에서 '퇴근'과 '파이어아벤트'라는 단어의 차이를 언급했다. "전자파 충만한 얼굴로 '물러나는退' 얼굴과 작은 축제를 선포하며 일어나는 얼굴 사이의 간극"에 대해서. 우리가 일과 가정 사이에서 무엇을 더 중심에 놓고 살고 있는지, 퇴근이라는 단어에 이미 답이 들어 있다. 우리는 일을 중심으로 모여 있다가 물러나는 사람들이다. 그렇기에 근무시간 외의 업무 전화가 그렇게 자연스러웠던 것이고, 밥을 먹다가도 업무상 중요한 전화가 오면 (애초에 거는 사람이 문제다) 뛰쳐나가 받았던 것이다. 비슷한 맥락에서 한국에 거주하는 독일인들이 무척 의아해하는 부분이 바로 친구 사이에 약속을 자주 취소한다는 점이다. 작은 나의 일상이 큰 힘에 의해 통제받는 위계적인 사회에서는 나를 좌지우지할 수 있는 일이 늘 벌어지기 때문에, 사적인 약속이 뒤로 밀려나는 경우가 잦다. 참이든 아니든 사람들은 '보다 중요한' 이유를 들어 약속을 취소한다. 자신을 중심에 두는, 특히 주체적인 자아를 중시하는 사고방식의 독일인들로서는 이해하기 어려울 것이다. 스스로 맺은 약속을 저렇게 쉽게 철회하다니.

한편 『긴 인생을 위한 짧은 일어 책』을 쓴 김미소 작가의 눈에는 '격리'와 '요양'의 차이가 보였다고 한다. 코로나 시기 한국에서는 공공 기관에서 '격리'라는 단어를 주로 썼는데, 일본에서 확진되어 안내문을 받았더니 '요양'이라는 단어가 보였다고. 우리가 세상에 스스로를 어떤 순서로 놓고, 우리 사회가 어느 쪽을 바라보며 사는지 실감케 하는 단어들이다. 동양이라는 한 단어로 게으르게 뭉쳐놓기에는, 동양 사회 안에도 무척이나 다양한 관점과 목소리가 있음을 알려주는 부분이기도 하다.

우리는 한국 사회에서 대체로 큰 그림 안에 작은 나를 놓으며 산다. 전체 안에 놓인 우리는 그만큼 작아지기도 쉽고, 숨기도 쉽다. 외부의 압력에 짓눌려 작아지는 건 괴로운 일이고, 큰 것 뒤에 숨는 건 비겁한 일이다. 법정에서 숱한 판결을 내리면서 '사람은 어떤 존재인가'라는 질문을 품어왔다는 전 춘천지방법원장 윤재윤 변호사는 저서 『잊을 수 없는 증인』에 유대인 랍비 부남Bunam의 말을 인용한다.

> "모든 사람은 두 개의 돌을 갖고 있어야 한다. 때에 따라 필요한 대로 선택할 수 있도록. 오른쪽 돌에는 '세상은 나를 위하여 창조되었다'라는 글씨가 새겨져 있고, 왼쪽 돌에는 '나는 먼지에 지나지 않는다'라고 새겨져 있다."•

나는 우주이기도 하고 먼지이기도 한 존재다. 그때그때 주머니에서 적절한 돌을 만지작거리며 사는 지혜가 필요하다. 왼쪽 주머니의 돌이 지나치게 무거워져 있는

• 윤재윤, 『잊을 수 없는 증인』, 나무생각, 2021, 15쪽.

우리들에게, 숫자를 뒤에서부터 읽고 날짜부터 쓰는 나라가 있다는 사실이 가끔 오른쪽 돌을 만지작거리게 해주었으면 좋겠다. 왼쪽이든 오른쪽이든 한쪽이 너무 무거워 비틀거리거나 넘어지지 않도록, 무엇보다 두 돌의 무게가 조화를 이룬다면 좋겠다.

아르바이트,

A

이렇게   R

슬픈

B   E

i

단어였어

T   ?

온 국민이 다 아는 독일어 단어가 있다. 아르바이트 (Arbeit, r을 묵음처럼 '아-바이트'라고 발음한다). 줄여서 알바라고도 한다. 독일에서는 '노동, 일, 작업, 과제' 등의 뜻으로, 일반적인 위미에서의 근무를 뜻한다. 그런데 일본에서 이 독일어 단어를 가져다 본래의 일이 아니라 임시로 하는 부업, 시간제 근무나 단기로 돈을 버는 일 등에 붙였고, 우리도 이를 그대로 가져와 쓰고 있다. 독일에서는 이 경우 미니좁Minijob이나 타일차이트아르바이트 (Teilzeitarbeit, 직역하면 '조각 시간 근무' 정도가 되겠다)라는 표현을 쓴다. 우리나라에서 알바, 알바생이라는 단어는 이제 약어나 은어 수준에서 벗어나 주요 일간지에도 쓰이는 단어가 되었다.

독일에서는 당당한 단어지만 우리 사회에서는 웬지 주눅 들어 있는 단어가 아르바이트다. 아르바이트로 용돈을 버는 어린 학생들을 볼 때의 대견함과는 별개로, 제대로 된 일이 아니라는 생각과 거기에서 오는 멸시의 마음이 단어 안에 엷게 스며 있다. 그런데 이런 못난 마음을 당당히 부풀리는 사람들이 있다. 원래 존중이 어렵지 무시는 쉬운 법이라, 알바생을 대할 때 갑질을 해도 되는 만만한 대상, 정해진 일이 따로 없으니 그야말로 뭐든 시켜도 되는 대상으로 착각하는 사람들을 종종 만난다. 그런 취급을 받으면 스스로도 자기를 가볍게 대체될 수 있는 인력으로 생각하고서 맡은 책임을 쉽게 거두기도 하는 모양이다. 그래서 '알바'라는 단어에는 부당 해고, 갑질 신고 같은 측은한 말도, 잠수, 대타 핑계 같은 난감한 말도 연관 검색어로 따라붙는다. 알바는 이제 돈을 받고 여론 조작을 위해 인터넷 사이트에 글을 올리는 사람들을 가리키는 비속어로 쓰이기도 한다. 그러다 보니 직업의식 같은 것 없이 그저 돈만 받으면 가리지 않고 해주는 일이라는 씁쓸한 뉘앙스도 배고 있다.

단어를 유심히 보다 보니 '알바생'이라는 말도 독특하다. 알바인人, 알바자者가 아니라 알바생生이라는 것. '-생生'은 수습생, 실습생, 초년생 같은 말에서처럼 명사 뒤에 붙어 '학생'의 뜻을 더하는 접미사이기 때문에, 단어에 '배우는 어린 사람'이라는 뜻이 섞인다. 그 결과 어쩐지 상대를 내려다보기 쉬워지는 말이 된다. 아르바이트를 하는 사람은 학생부터 노인에 이르기까지 연령대가 다양한데, 알바생이라는 단어로 굳혀둔 것은 부적절해 보인다. '70대 알바생'이라니, 꼭 '유치원생 가장'처럼 어색하지 않은가. 40대에서 60, 70대의 임시직 노동자는 날로 늘고 있고, 이들에게 '알바'는 단순한 용돈 벌이가 아니라 생계 수단이 될 확률이 오히려 높다. 그런데 용돈을 벌기 위해 잠시 시간을 쪼개 일하는 학생이라는 의미가 짙은 '알바생'이 일반화되다 보니, 그냥 용돈 벌이로 하는 일에 깐깐하게 계약서를 쓴다거나 관련된 법을 따르지 않아도 된다는 그릇된 생각이 들러붙기 좋지 않았을까. 이들은 엄연히 근로기준법의 적용을 받는 노동자들이다.

사실 '−생生'이 붙은 말 중에 내려다봐도 되는 존재는 아무도 없다. 어린 학생이나 초심자일수록 더욱 존중하며 정중히 대해주는 것이 어른의 할 일이다. 대접을 받고 큰 이들이 자라나서 또 자연스럽게 타인을 배려하고 대접하게 될 것이다. 대중들은 이미 '알바'라는 약어를 '아르바이트하는 사람'이라는 말로 확대해서 쓰고 있지만, 설령 진짜 어린 학생들일지라도 '알바생'이라는 말을 삼가고 '아르바이트 노동자' 같은 표현을 뉴스나 일간지에서부터 사용하면 좋을 것 같다. 그들도 엄연한 노동자라는 사실이 은폐되거나 왜곡되지 않도록. 일상에서도 함부로 얕보이지 않도록.

우리나라에서의 미묘한 뉘앙스와는 달리 독일에서 아르바이트는 얕볼 수 없는 중요한 단어로, 그야말로 '일'을 가리키는 일반명사다. 동사형 어미 '-en'이 붙어 아르바이텐arbeiten, 즉 '일하다'라는 동사로도 쓰이고, 영어의 '-less'에 해당하는 '-los'가 붙어서 일이 없는 상태를 일컫는 형용사 아르바이츠로스arbeitslos가 되기도 한다.

Morgen muss ich arbeiten.

나 내일 일해야 돼.

Benedikt ist arbeitslos.

베네딕트는 일/직업이 없는unemployed/jobless 상태야.

군이 구별을 하자면 아르바이트는 노동 쪽에 가깝다. 예술가의 작업처럼 사람들이 왠지 좀 더 고상한 것으로 여기는 일에는 아르바이트 대신 베르크(Werk, 실제 발음은 '베악'에 가깝다)를 쓴다. 지금은 화이트칼라의 일도 모두 아르바이트라는 단어에 포함되지만, 수백 년 전으로 시간을 거슬러 가면 아르바이트는 그야말로 몸을 써서 하는 힘들고 수고로운 일을 의미했다고 한다. 광산이나 농지, 공사장 같은 곳에서 빈민층이나 농노들이 주로 담당하는 일이 아르바이트였다고.

아르바이트는 슬픈 어원을 가지고 있다. 인류 역사 속에서 필연적으로 가난한 하인이 되거나 운명적으로 고된 노동을 하게 되는 사람들이 있었으니, 바로 고아들이었다. 부모를 잃거나 부모가 누구인지 모르는 건 당시에 흔한 일이었고 복지라는 개념은 희박했으므로, 돌봐줄 사람이 없는 아이들은 힘든 허드렛일을 하며 생계를 유지해야 했다. 아르바이트의 어원이 바로 여기에 있는데, 옛 인도유럽어의 'orbh-'라는 어근은 '아비가 없는'이라는 뜻이고, 여기에서 고아라는 뜻의 영어 단어 orphan과 노동이라는 뜻의 독일어 단어 Arbeit가 각각 유래했다고 한다. orphan과 Arbeit가 친척 관계라는 사실에 마음이 살짝 시리다.

이런 어원을 귀신같이 알아챈 걸까? 아르바이트하는 이들을 함부로 대하는 사람이 많아서 매장 계산대에 "남의 집 귀한 자식입니다"라고 써 붙이는 가게가 우리나라에 많아졌다고 한다. 아예 "남의 집 귀한 자식"이라는 문구를 등판에 떡 박아놓은 소위 '진상 손님 퇴치 티셔츠'를 입고 일하는 경우도 있는데, 어느 TV 프로그램에서 일렬로 늘어선 귀한 자식들의 뒤태를 보면서 나는 웃어야 할지 울어야 할지 몰랐다. 독일어 아르바이트의 어원이 이런 식으로 연결되는 것은 슬픈 일이다.

몇 년 전에는 고객 센터 상담사와 통화가 연결되기 전에 다음과 같은 말을 넣은 회사들이 있었는데, 효과가 무척 좋았다고 한다.

"착하고 성실한 우리 딸이 상담드릴 예정입니다."
"제가 세상에서 가장 좋아하는 우리 엄마가 상담드릴 예정입니다."
"연결해 드릴 상담사는 소중한 제 딸입니다. 고객님, 잘 부탁드립니다."
"사랑하는 우리 아내가 상담드릴 예정입니다."

전화를 받는 상담사도 누군가의 귀한 가족이라는 것을 들려주자 험악한 욕설이 훨씬 줄었고, 먼저 친절한 인사를 건네는 고객도 많았다고 한다. 따뜻한 아이디어의 힘을 본다. 그런데 여전히 조금 슬프다. 감정노동의 극한이라는 수화기 너머에 앉은 이들이 딸, 엄마, 아내, 즉 여성뿐이라는 것도 왠지 슬프고(여성의 목소리를 사람들이 더 만만하게 느끼는 건 아닐까 싶어 괜히 서러워진다), "남의 집 귀한 자식"이 아닌 젊은이들이 혹시라도 소외감을 느끼지 않을까 마음이 쓰인다. 남의 집 귀한 자식이라서가 아니라, 인간이니까 당연히 존중받아야 하는 것이다. 가족 관계와 상관없이, 부모라는 언덕이 있든 없든, 우리는 서로에게 함부로 해서는 안 된다고 믿는다.

"거기도 그럽니까."

드라마 〈시그널〉의 명대사 앞에 우리는 아직 부끄럽다. 아르바이트라는 단어의 어원이 생성될 무렵의 사회에서는 고아들이 힘든 노동에 시달리며 '부모 없는 자식'이라는 서러움을 견뎌야 했을 것이다. 그로부터 수백 년이 지난 우리의 시공간은 뭐라도 달라졌어야 하지 않을까. 그런데 오히려 뒤로 가버린 것만 같다.

아르바이트라는 말이 슬퍼지는 지점이 독일과 관련해서 하나 더 있다. "Arbeit macht frei(아르바이트 마흐트 프라이: 노동이 그대를 자유롭게 하리라)." 바로 나치가 만들었던 유대인 강제수용소 정문에 박아두었던 글귀다. 원래 평범한 격언이었던 이 말은 1873년에 소설 제목으로 알려진 이후, 바이마르공화국이 공공사업 슬로건으로 내걸

아우슈비츠 강제수용소 정문 일부

정도로 대중화되었다. 그런데 나치 친위대 중령이자 아우슈비츠 강제수용소의 소장으로 악명이 높았던 루돌프 회스의 제안으로 아우슈비츠를 비롯한 여러 유대인 강제수용소 정문에 이 문구가 붙여진 것이다. 노동으로 자유를 얻기는커녕 대다수가 죽어 나가야 했던 그곳에서의 끔찍한 역사를 우리는 기억한다. 그곳에 수용된 이들은 노동력을 착취당하고, 인간의 존엄성을 착취당한 뒤, 생명마저 착취당했다.

독일에서는 이 문구가 금기시된다. 실제로 2008년 '나이트 로프트Night-Loft'라는 쇼에서 율리아네 치글러라는 진행자가, 일 때문에 조금 피곤하다고 말하는 시청자에게 이 말을 하고 웃음을 터뜨렸다가 방송 도중 곧바로 퇴출되는 사건이 있었다. 담당자의 즉각적인 조치로 스튜디오에서 쫓겨나 공동 진행자였던 다른 아나운서 혼자서 진행해야 했고, 치글러는 15분쯤 뒤 카메라 앞에서 대국민 사과를 한 후 쇼에서 자취를 감추었다. 서비스는 느려터졌지만(저는 독일에서 처음 인터넷을 신청해서 연결하는 데 자그마치 6개월이 걸렸습니다…), 중요한 문제라고 생각하는 경우 이렇게까지 신속하게 대응하는 모습이 놀라울 뿐이다.

노동은 과연 우리를 자유케 하는가. 노동력을 착취당

하고, 인간의 존엄성을 착취당한 뒤, 생명마저 착취당하는 일이 과연 유대인 강제수용소 안에서만 일어나는 일이라고 말할 수 있을까. 화장실 청소 도구 보관함에서 사람이 식사를 하고, 스크린 도어와 택배 물류 센터, 용광로와 기계 틈에서 사람이 목숨을 잃는다. 나는 '염전 노예'라는, 21세기 현대사회에 도저히 있어서는 안 되는 단어 때문에 신안에서 나오는 굵은소금을 볼 때마다 마음이 짰다. 그곳에서 나오는 모든 소금을 그렇게 생각해선 안 되겠지만, 어쨌든 인간을 쥐어짜 만든 소금으로 밥을 해 먹으며 나를 살찌우고 싶지 않았다. 그런데 그런 마음으로 주위를 둘러보자니 맘에 걸리는 물건이 너무 많아서 마음이 더욱 짰다. 정도의 차이일 뿐, 누군가의 육체노동과 감정노동으로 내 주변의 물건들에 하나같이 한숨과 눈물과 누군가의 질병이 배어 있을 것 같아서.

김애란 작가의 단편 「하루의 축」에 등장하는 공항 청소 노동자 기옥 씨는 "많은 이들이 재떨이와 재떨이 청소부를, 승강기와 승강기 청소부를 동격으로 대하듯" 한다고 했고, 정주리 감독의 영화 〈다음 소희〉에서는 "나 이제 사무직 여직원이다?" 하며 졸업을 앞두고 콜센터로 현장 실습을 나갔던 씩씩한 열여덟 고등학생 소희가 스스로 목숨을 끊는다. 우리는 왜 사람들이 변기를 닦는 기옥 씨를 변기와 동격으로 대하는지, 춤을 좋아하고 할 말은 하는 밝은 고등학생이었던 소희가 왜 일을 시작하면서 점차 말수가 줄고 빛과 색을 잃다 결국에는 목숨까지 잃었는지, 다시 말해서 일이 사람을 피어나게 하는 게 아니라 왜 짓누르고 목을 조르는지 궁금해해야 한다. 우리가 기옥씨나 다음 소희가 되지 않기 위해서.

장강명 작가의 단편 「알바생 자르기」를 무척 흥미롭게 읽었다. 이야기를 따라가다 보면 자르는 사람의 입장에 섰다가, 잘리는 사람의 입장에 섰다가, 결국은 모두가 측은해지는 상태에 이르고 만다. 결국은 '사람을 자른다'는 비정한 말이 '밥을 먹는다' 같은 일상의 말처럼 느껴지게 하는 시스템의 문제다. 같이 모여서 잘 살아보자고 만든 시스템 안에서 우리는 왜 이렇게 죽을 것 같고, 죽고 싶은 걸까.

독일에서든 한국에서든 아르바이트, 즉 노동이라는 단어가 더 이상 슬퍼지지 않기를 바란다. 그것이 한국에서의 아르바이트의 의미건, 독일에서의 아르바이트의 의미건 말이다. 그 단어의 의미와 범위가 어떠하든, 17세기 영국 철학자 존 로크의 말처럼 '생명, 자유, 행복'을 담는 말이기를, 19세기 독일 철학자 카를 마르크스의 주장처럼 '인간다움'과 '연결'이 아르바이트의 키워드가 되기를. 그리하여 "Arbeit macht frei", 지나온 끔찍한 역사와는 다른 결에서 아르바이트가 우리를 진정 자유케 하기를 바란다.

● ● ●

마지막으로 아르바이트의 의미를 곱씹게 하는 일화를 하나 덧붙이고 싶다. 미국 현대 문학을 대표하는 인물로 꼽히는 작가 필립 로스의 『왜 쓰는가?』에는 프리모 레비와의 대담이 실려 있다. 필립 로스와 프리모 레비는 모두 유대계 작가인데, 아우슈비츠에서 한 해를 보냈던 레비는 다음과 같이 말한다.

"아우슈비츠에서 나는 묘한 현상을 자주 목격했습니다. '제대로 한 일Lavoro ben fatto'에 대한 욕구가 워낙 강해 사람들은 심지어 노예나 할 것 같은 잡일마저 '제대로' 하더라고요. 여섯 달 동안 은밀하게 먹을 걸 갖다주어 내 목숨을 구해준 이탈리아인 벽돌공은 독일인, 독일 음식, 독일어와 더불어 그들의 전쟁을 싫어했지만 벽을 세우라고

하면 곧고 견고하게 세웠습니다. 그냥 복종하려고 한 게 아니라 직업적 위엄에서 나온 행동이었어요."•

아우슈비츠의 악명 높은 관리자들이 아르바이트라는 단어를 망가뜨렸지만, "Arbeit macht frei"라는 거짓된 슬로건 아래 그곳에 갇혀 있던 사람들은 오히려 일을 통해 그들의 존엄을 놓지 않고 있었음을 본다. 레비는 명성 있는 작가로 글을 쓰면서도 페인트 공장에서 연구 화학자로 일하다가 나중에는 관리자로 퇴직한 이력을 갖고 있는데, 아우슈비츠에서 죽을 고비를 넘긴 그의 소설에서는 일이 주된 주제로 중요하게 등장하며 인도적인 의미를 회복한다. 일례로 레비의 대표작이자 이탈리아 최고 권위의 문학상으로 알려진 스트레가상 수상작인 『멍키스패너』에 나오는 정비공 파우소네는 "내가 맡는 모든 일은 첫사랑 같다"라고 말한다. 일을 통해 진정으로 자유로워진 인간이 여기에 있다. 대담을 진행했던 레비의 아파트 서재에는 아우슈비츠의 반쯤 무너진 철조망 담장을 그린 작은 스케치가 붙어 있었다고 한다.

• 필립 로스, 「프리모 레비와의 대화-토리노에서」, 『왜 쓰는가』, 정영목 옮김, 문학동네, 2023, 318쪽.

P
R
맥주
나라의
O
S
특별한
T
주문
!

PROST!

이전 글에서 한국 사회에 제일 많이 알려진 독일어 단어로 아르바이트를 꼽았는데, 전 세계적으로 가장 많이 알려진 독일어 단어는 옥토버페스트Oktoberfest라고 한다. 브라질 리우 카니발, 일본 삿포로 눈축제와 함께 3대 축제로 꼽히는 세계 최대 맥주 축제다. 뮌헨 근교 시골 마을에 살고 있는 나는 토요일마다 아이들을 데리고 한글학교에 가는데, 옥토버페스트가 열리는 테레지엔비제Theresienwiese•가 한글학교와 무척 가깝기 때문에 가죽 반바지를 입은 헨젤들과 가슴을 끌어모은 그레텔들이 우르르 몰려가는 것을 보면 올해도 옥토버페스트가 시작되었구나, 깨닫곤 한다.

옥토버페스트 기간에는 남녀노소 할 것 없이 바이에른 전통 복장을 차려입고 반짝이는 얼굴로 축제를 즐긴

• '테레제의 잔디밭'이라는 뜻. 1810년 10월, 바이에른의 루트비히 황태자와 작센의 테레제 공주의 결혼식에서 옥토버페스트의 전통이 시작되었기 때문이다. 테레지엔비제는 '초원'을 뜻하는 비제Wiese의 바이에른식 표현인 비즌Wiesn으로 줄여 부르곤 한다.

다. 맥주만 냅다 마시는 것이 아니라 다양한 먹을거리와 놀거리를 제공하는 형형색색의 가판대가 들어서고, 퍼레이드와 서커스뿐 아니라 영화 상영이나 음악 공연 같은 이벤트도 즐비한 행사다. 가장 놀라운 것은 허허벌판에 롯데월드 하나를 옮긴 듯한 놀이동산이 매년 솟아난다는 것. 회전목마나 범퍼카 수준이 아니라 롤러코스터와 자이로드롭, 대관람차 같은 거대한 놀이 기구들이 제대로 들어서는 큰 규모의 축제다. 한번 만들면 한 5년쯤은 그대로 두어도 될 것 같은데, 매년 열심히 쌓아 올렸다 거둬들였다 하는 게 희한하고 놀랍다. 혹시 조상님인 니체의 영원회귀 철학을 따르는 걸까.

옥토버페스트는 10월을 뜻하는 옥토버Oktober와 축제를 뜻하는 페스트Fest가 결합한 말이지만, 옥토버페스트에 맞춰 독일 여행을 계획한다면 주의해야 한다. 보통 10월의 첫 일요일이 옥토버페스트의 마지막 날이고, 축제의 대부분은 9월에 진행된다. 독일 날씨는 9월부터 아침저녁으로 조금씩 쌀쌀해지고 10월에는 급격히 추워지기도 하기 때문에 비교적 온화한 날씨를 즐기려는 이유에서다. 남자들은 가죽 반바지에 얇은 체크무늬 셔츠(추우면 조끼나 재킷을 입기도 한다), 여자들은 퍼프소매 반팔 블라우스에다 드레스를 입고 앞치마를 두른 정도이기 때문에 이 복장만으로는 추위를 견디기 어려울 수 있다.

하지만 옥토버페스트를 즐기다 보면 추위를 이길 수 있는 옷을 하나 입게 된다. 비어야케Bierjacke라는 옷인데, 눈에는 보이지 않는 옷이다. 애주가인 나는 (번번이 말하지만 금주령이 있는 시대에 태어났으면 투옥 중이었을 거다) 독일에 살기 전부터 비어야케를 무수히 입어왔다. 술을 즐기는 사람이라면 무슨 말인지 대충 짐작이 갈 텐데, 맥주를 마시다 보면 체온이 상승하면서 내 주변으로 뜨끈한 매직 실드가 쳐진다는 것. 비어야케는 맥주를 뜻하는 비어Bier와 재킷이나 점퍼, 코트를 뜻하는 야케Jacke를 합친 말로, 술을 마시다 보면 취기가 올라 몸이 후끈해지는 느낌을 말한다. 그런 기분을 두고 '비어야케를 입었다'라고 표현하는 것이다. 튼튼한 독일인들에게는 비어야케가 별로 필요하지 않은지, 사실 별로 자주 쓰는 말은 아니다. 원래는 영어권 슬랭•인데 표현만 그대로 독일어로 옮긴 것으로 생각된다. 나는 이 표현을 독일어 선생님인 동네 이웃

• 비어 재킷beer jacket. 비어 코트beer coat나 비어 블랭킷beer blanket, 혹은 부즈 블랭킷
booze blanket이라고도 한다.

에게서 배웠고, 듣는 순간 너무 귀여워서 내 옷장 안에 고이 보관해 두었다. 동화 『벌거벗은 임금님』에 나오는 것처럼 보이지 않는 옷, 비어야케. 입으면 아이들에게 웃음거리가 될 수 있으므로 주의해야 한다는 점도 비슷하다. (아빠! 엄마가 이상하게 걸어.) 실제 체온 유지에는 전혀 도움이 되지 않으니, 야경이 예쁜 옥토버페스트를 즐기고 싶다면 조금 따뜻한 옷을 준비하도록 하자.

옥토버페스트는 그해 만든 햇맥주가 든 나무 술통을 개봉하는 것으로 시작한다. 정오에 뮌헨 시장이 맥주통에 맥주가 나오는 꼭지를 커다란 나무망치로 박아 넣으면서 "O'zapft is!(오차프트 이스!: 맥주통에 꼭지를 박아 넣었다는 뜻의 바이에른 사투리로, "맥주통이 열렸다!"는 선언 정도로 생각하면 되겠다)"라고 외치면 축제가 시작된다. 몇 번의 망치질로 박아 넣는지를 세는 것도 재미있는 포인트. 최고 기록은 단 두 번의 망치질로 박아 넣은 크리스티안 우데 전임 시장과 그 뒤를 이어 현 시장이 된 디터 라이터가 가지고 있다. 자그마치 스무 번 가까이 쳐서야 성공한 사례도 있다고 하는데, 라이터 시장은 2023년에도 땅땅, 단두 번의 망치질로 성공해서 자신의 기록을 재확인했다.

축제에 사용하는 맥주는 보통 맥주보다 알코올 도수가 약간 높다. 매년 축제 기간에 약 700만 리터의 맥주가 소비된다는데, 잔도 큼지막하다. 우리가 흔히 생각하는 500cc 잔 따위는 바이에른 대부분의 유명한 비어가르텐이나 비어할레,* 특히 옥토버페스트에는 존재하지 않는다. 1리터가 들어가는 '마스Maß'라는 두꺼운 유리 머그에 따른 것이 한 잔. 옥토버페스트에 참가하는 대표적인 6대 브랜드의 맥주를 모두 마시려면 6리터를 마셔야 한다. 그러므로 대표 브랜드 맥주를 하루에 종류별로 다 맛보겠다는 용맹한 마음은 부디 거두시기를.

옥토버페스트는 역사적으로 잔디밭에서 시작되었으므로 햇볕을 담뿍 받으며 꿀 같은 황금빛 맥주잔을 기울일 수 있는 야외석도 많지만, 맥주 회사별로 커다랗게 쳐놓은 대형 천막 안에 들어가야 분위기를 제대로 느낄 수 있다. 천막에 입장하면 귀가 먹먹해지면서 차원을 건너온 듯한 느낌이 든다. 살짝 상승한 온도감, 사람들이 웅성거리는 소리에 잔 부딪는 소리. 밴드는 쿵짝쿵짝 신명

• 비어가르텐은 영어로 맥주beer와 뜰garden의 합성어, 비어할레는 맥주beer와 홀hall의 합성어다. 둘의 주된 차이는 그러므로 야외인지 실내인지의 공간적 구분에 있다.

나는 음악을 연주하고, 소시지와 감자, 고기 굽는 냄새가 코끝에 휘감긴다. 분위기가 무르익으면 사람들은 어깨를 걸고 함께 노래를 부르며 목청 높여 건배를 하는데, 수많은 맥주잔이 동시에 부딪치는 소리를 배경으로 "Prost!('프로스트'라고 많이 알려져 있지만 실제 발음은 '프호스트'에 가깝다)"를 외칠 때 축제의 흥은 절정에 다다른다.

거대한 천막을 온통 메아리처럼 채우는 단어 'Prost'는 독일에서 건배할 때 가장 즐겨 쓰는 말이다. '사용하다, 유익하다'라는 뜻의 라틴어 prodesse가 변화한 prōsit(좋기를, 유익하기를)에서 왔다고 한다. 그러므로 잔을 부딪치는 상대방이 탈 없이 건강하며 모든 일이 순조롭기를, 이 잔과 우리의 시간이 부디 당신에게 유익이 되기를 바라는 마음이 담겼다. 15세기 초 대학에서 박사 학위 구술시험을 볼 때 오랜 시간 문답을 나눌 시험관들을 위해 학생들이 와인과 간단한 주전부리를 준비하는 것이 관례였는데, 시험관들은 그 와인을 마시면서 학생에게 "Prosit!"이라는 말로 행운을 빌어주곤 했다고 전한다. 그것이 점차 확산되어 술을 마실 때 서로에게 행운을 기원하는 경쾌한 감탄사로 발전한 것이다. 영어로 '차가운 서리'를 뜻하는 frost와 발음이 비슷해서, 개인적으로는 "Prost!" 하고 외치면 내가 잡은 맥주잔에 시원하고 짜릿한 감각이 더해지는 것 같다. 술이란 걸 마시다 보면 각종 사건 사고가 생기는 법이니, 이 잔을 마시고 탈 없이 괜찮기를 바라는 마음, 이 시간이 부디 후회나 부끄러움이 아닌 즐거움과 유익으로 남기를 바라는 마음을 담은 건배의 말은 참 다정하게 들린다. 술을 마시면 어느 순간 입게 되는 비어야 케처럼, 상대에게 한 겹 보호막을 두르는 마법 주문이 되면 좋겠다.

독일의 술 문화에 관한 온라인 포럼을 본 적이 있다. 유럽의 나라별 비교가 흥미로웠는데, 평소에는 많이 마시지 않지만 특별한 경우에 미친 사람들처럼 달리는 스칸디나비안 음주 문화, 그리고 과도한 음주는 삼가지만 평소에 식사와 곁들여 간단히 마시는 것이 일반화된 지중해식 문화, 이 두 문화에서 안 좋은 것만 골라 합친 것이 독일 술 문화라는 의견에 크게 웃었다. 평소에도 챙겨 마시고, 특별한 날에는 더욱 왕창 마신다는 얘기다. '맥주를 너무 많이 마신 사람'이라는 뜻의 '비어라이헤Bierleiche'라는 단어가 따로 존재할 정도다. 영국식 음주가 단거리 달리기라면 독일식 음주는 마라톤이라고도 한다. 하지만 영국은 어떤 농담을 건네서든 상대에게 술 한 잔을 권하는 문화가 있는 반면, 독일은 오히려 술을 마시지 않는 사람에게 관대한 편이라는 의견도 많은 지지를 얻고 있었다. 또 비교적 일찍 합법적인 음주가 가능하기 때문에 부모님이나 어른들의 관심 아래 스무 살이 될 때까지 5년 정도의 적응 기간이 있고, 그렇기에 20대가 되면 오히려 술을 책임 있게 즐기게 된다는 의견도 있었다.•

다른 나라에 비해 많이 마시는 건 사실이지만 요즘의 독일은 예전만큼 마시지 않고, 무알콜이나 가벼운 칵테일류를 선호하는 사람도 많다. 하지만 독일에서도 특히 남부 바이에른 지방(네, 저희 동네입니다!)에서는 아침에 흰 소시지에 곁들여 맥주 한 잔을 마시는 게 그렇게 놀랄 일은 아니다. 일터에서도 상황에 따라 맥주 한 병 정도는 크게 문제 되지 않는 분위기. 처음 독일에 와서 공항 안내 데스크에 마시다 만 맥주병이 놓여 있는 것을 보고 무척 당황했던 기억이 있다. 대체로 공공장소에서 술병을 노출하는 행위 자체를 금하는 미국에서 갓 날아온 상태라

• 독일에서는 법적 보호자의 동의가 있다면 만 14세부터 맥주와 와인을 마실 수 있고, 만 16세부터는 단독으로 맥주 구입이 가능하다. 위스키 같은 센 술은 성인이 되는 만 18세부터 마실 수 있다.

더 그랬던 것 같다. 아이들이 놀고 있는 놀이터에서 술을 마시는 자를 보면 신고를 해야 하는 미국과 달리, 독일 놀이터에서는 부모들이 모여 맥주를 마시거나 맥주병을 손에 들고 근처를 산책하는 모습을 종종 볼 수 있다. 참고로 독일에 와서 처음 받아본 피자 가게 전단지에는 술 메뉴가 피자 메뉴보다 더 길었다. (아직 배달을 시키지도 않았건만 당황 반 기쁨 반이 반반 치킨처럼 내게 배달되는 것을 느꼈다.) 보통 마트 계산대 옆에는 사람들의 추가적인 구매 욕구를 부르는 작은 물건들, 예를 들면 껌이나 사탕, 초코바 같은 것이 오르기 마련인데, 독일 마트 계산대 부근에는 귀여운 미니 술병이 빠지지 않고 놓인다. 세상의 모든 작은 것들은 귀엽지만, 코에 붙이기도 뭐한 작은 술병들의 귀여움이란. 어쨌든 이 나라는 술과 관련해서 여러모로 나를 놀라게 한다. 하지만 진짜 놀라운 것은 맥주에 관련된 역사다. 알고 보니 이곳 사람들에게 맥주는 생존과 관련된 것이었고, 종교적 신념과도 관계가 깊은 것이었다.

〈술 마시는 소년〉이라는 이름의 두 그림은 각각 16세기 이탈리아, 17세기 네덜란드 화가의 작품이다. 엄마의 눈으로 봤을 때는 놀라 자빠질 그림들이다. 사실 16세기

▲ 안니발레 카라치Annibale Carracci , <술 마시는 소년Boy Drinking>, 1582-1583

▼ 코르넬리스 피콜럿Cornelis Picolet, <술 마시는 소년A Boy Drinking>, 1641-1679

그림은 사춘기에 접어든 소년이 집에 숨겨둔 과실주를 몰래 한 잔 맛보는 모습 같기도 한데, 17세기 그림에서는 소년보다는 아기에 가까운 녀석이 아주 당당하고 자연스럽게 맥주잔으로 보이는 물건을 들고 방긋 웃고 있다. 그런데 놀랄 일은 아니다. 19세기 중반까지 유럽에서는 식사 때 물 대신 알코올 도수가 0.5도에서 2.8도 사이의 아주 약한 맥주를 여성과 아이들이 마셨다고 한다. 이런 맥주를 스몰 비어small beer라고 하는데, 주로 맥주를 만들 때 생기는 찌꺼기를 발효시켜 만든다. 미국의 초대 대통령 조지 워싱턴의 전시 노트에도 군대에서 이런 스몰 비어를 물 대신 보리차처럼 마셨다는 기록이 있다.

그들이 이렇게 맥주를 마셨던 이유를 흔히 석회질이 많아 물의 질이 좋지 않았기 때문이라고 생각하는 경우가 많은데, 실은 세균에 오염되지 않은 식수를 구하기 어려웠기 때문이다. 물의 질 때문이라기보다는 건강이나 생존과 직결되는 문제였던 것이다. 당시는 물을 마시고 병에 걸리거나 죽는 경우가 많았을 만큼 비위생적인 시대였다. 사람들은 물을 끓이면 살균이 되어 안전해진다는 사실을 아직 몰랐고, 큰 도시일수록 강물이 오염되어 식중독이 유행하는 경우도 많았다. 그런 상황에서, 맥주를 마시면 의외로 식중독에 걸릴 확률이 적다는 사실을 알게 된 의사들이 사람들에게 맥주를 권했다. 맥주는 끓여서 발효하는 과정을 거치므로 비교적 안전했기 때문이다. 이런 역사적 맥락에서 주부들은 가족의 건강을 위해 집에서 맥주를 만들기 시작했다. 다시 말해서 이들에게 맥주는 건강 음료였던 것이다. 내 아이의 건강을 위해 사랑으로 맥주를 준비하는 엄마라니, 당장 잡혀갈 것 같은 느낌이지만 당시의 생활상으로는 자연스러웠던 모양이다.

어쨌든 이런 이유로 과거 독일 남부 농촌 지역에서는 오늘날 가정집 부엌에서 커피를 끓이듯 집집마다 맥주를 만드는 게 일상이었는데, 수도원도 커다란 집이었으니 당연히 이 아름다운 전통을 따랐다. 독일에서 무슨 맥주를 마셔야 할지 모르겠을 때는 그냥 수도사들이 그려진 맥주를 마시면 될 만큼 수도원에서 만든 맥주는 맛과 향이 뛰어나다. 독일의 대표 맥주인 아우구스티너, 프란치스카너, 파울라너 같은 맥주들은 모두 남성형을 만드는 접미사 '-er'가 붙은 단어로, 각각 아우구스티누스 수도회의 수도사, 프란치스코 수도회의 수도사, 성 파올라 수도원의 수도사라는 뜻이다. 일반 가정집이나 브루어리에서와는 달리 수도사들은 글을 읽고 쓸 수 있었기 때문에, 실험과 연구를 통해 좋은 맥주를 만드는 방법을 공유하고 전수할 수 있었다. 따라서 수도원 맥주는 일반 맥주보다 품질이 우수했고 맛이 좋았다. 맥주는 수도원 재정에 큰 도움을 주는 수익원이기도 했지만 더 중요하게는 가난한 이들을 위한 음료이기도 했다.

액체빵liquid bread이라는 맥주의 별칭이 있다. 빵 하나를 호로록 마시는 것과 같기에 다이어트의 적敵이라는 뜻으로 이런 표현을 쓰기도 하지만, 사실 이 별명에는 보다 깊은 종교적 함의가 있다. 수도사들은 자신에게 필요한 양 이외의 맥주를 가난한 이들에게 나누어 주었는데, 하루를 지탱할 빵 한 조각을 얻기 힘들었던 빈민들은 이를 통해 고된 노동을 버틸 에너지를 채울 수 있었다. 아마 입을 것도 마땅치 않았을 그들에게는 비어야케의 온기도 심정적으로나마 도움이 되지 않았을까. 이 흐르는 빵은 그들에게 기적이자 은혜였을 것이다. 집에서 멀지 않은 곳에 안텍스 수도원이라는 맥주의 성지가 있다. 그곳에도 "맥주는 빵처럼 곡식과 효모와 물로 만드는 것이니 이것은 쾌락이나 사치가 아니요, 그저 빵 같은 음식"이라는 아름다운 말씀이 계셨다. (아멘.)

액체빵이라는 별명은 사순절과도 관련이 깊다. 사순절은 부활절 전 40일 동안 예수님의 수난을 기억하는 기간으로, 수도사들은 이 기간에 절제하고 금식하며 예수님의 고통과 희생을 되새겼다. 하루에 한 번 고체로 된 간단한 식사 외에는 '흐르는 것'만 섭취할 수 있었는데, 이 '흐르는 것'을 두고 맥주를 떠올리는 깜찍한 수도사들이 생겨났다. 그 시작이 공교롭게도 17세기 독일 바이에른 뮌헨 지역의 성 파올라 수도원이었다. 자신을 파올라의 수도사, 즉 파울라너Paulaner라고 불렀던 이 수도사들은 사순절에 맥주를 마셔도 되는지 묻는 서신을 직접 교황에게 보내 답을 구하기로 한다. 교황께서 맛보시고 부디 긍정적인 답변을 주시기 바란 듯, 정성스럽게 빚은 맥주와 함께.

당시 뮌헨에서 로마로 가는 길은 멀고도 험난해서 맥주가 교황에게 도착했을 때는 이미 마시기 힘든 상태로 변질되어 있었다고 한다. 그러나 맛없는 맥주와 서신을 받아 든 교황은 자비의 마음으로 허락의 결정을 내린다. 힘들게 계율을 지키고자 하는 수도사들에게 버틸 힘을 주고 싶었고, 맥주는 도수도 제법 낮았기에 심신을 크게 해치지 않을 것이라고 생각한 듯하다. 공식적으로 금식

중 섭취할 수 있는 음료가 된 맥주는 이런 연유로 '흐르는 빵', 즉 '액체빵'이라는 귀엽고도 성스러운 별명을 갖게 된다. 이후 성 파올라 수도원의 맥주에는 독일어로 구세주, 구원자를 뜻하는 잘바토어Salvator라는 이름이 붙었다. 수도사들은 한 해의 첫 잘바토어를 오픈할 때 바이에른 영주를 초대해서 첫 잔을 바쳤다고 하는데, 현재 시중에 유통되는 파울라너 잘바토어 맥주 라벨에 그 모습이 그대로 들어 있다. 술을 마시고 기분이 좋아지면 마음속 이야기를 나누었다고도 하니, 가난한 자들을 섬기는 수도사들이 영주에게 직언하기도 좋았을 것이다. 여러모로 은혜로운 액체빵이다.

맥주의 역사에는 독일에서 종교개혁을 이끈 마르틴 루터의 영향도 크게 남아 있다. 오늘날에도 많은 펍과 브루어리에 루터의 초상이 걸려 있으니 눈여겨보시길. "내가 내 친구 필리프와 암스도르프와 맥주를 마시는 동안에 신과 말씀God and the Word이 모든 것을 행하셨다"라는 유명한 선언이 있을 만큼 루터는 맥주를 사랑했고, 루터의 아내 카타리나도 솜씨 좋은 맥주 장인이었다고 한다. 종갓집 여인들이 집에서 정성껏 빚은 술을 손님께 내듯이, 아마 냇물처럼 흘러드는 손님들에게 냇물처럼 흐르는 맥주를 대접했을 것이다.

여기서 재미있는 점은 맥주가 종교개혁과 맞물려 가지는 상징성이다. 당시 가톨릭교회가 맥주의 맛과 보존을 위해 쓰이는 허브를 독점하고 있었으므로, 사람들은 평범한 잡초에 불과해 과세 대상이 아니었던 홉을 썼다고 한다. 세금과 잡초는 역사 속에서 늘 평민과 밀착된 단어인데 이런 식으로 맥주를 끼고 다시 연결되는 것이 재미있다. 또 홉에는 진정 및 숙면 효과가 있기 때문에, 환각과 최음 효과를 가진 향신료와 허브를 썼던 가톨릭교회에 대항하는 청교도적 신념에서 더 상징적으로 홉을 선호하게 되었다는 이야기도 흥미롭다. "자는 동안은 죄를 짓지 않노라. 숙면하고 나서 열심히 일하라." 일과 뒤에 시원한 맥주를 마신 뒤 잘 자고, 그렇게 푹 자고 일어나서 또 열심히 일하는 것이 당시의 청교도적인 삶이었던 모양이다. 일해야 하는데 자빠져 자며 죄를 짓고, 숙면하고 일어나 숙취에 시달린 것은 내가 불교 신자이기 때문인 것으로 하겠다.

루터와 필리프, 암스도르프도 "Prost!"라는 말로 잔을 부딪쳤을까? 종교개혁이라는 어마어마한 사명, 분명히 두렵고 쉽지 않았을 그 결심을 앞두고 그들은 맥주잔을 나눴다. 성스럽게 흐르는 액체빵이 몸속에 퍼지면서, 마치 비어야케를 입은 듯 그들이 품은 사명의 온도도 조금 상승하지 않았을까. Prost의 어원처럼 그들의 개혁은 이후 수많은 이들에게 유익이 되었다.

19세기에 이르면서 독일에는 "Na dann, Prost!(나 단, 프로스트!)"라는 말이 생긴다. 반갑지 않은 일이 닥쳤을 때, 거기에다 여유롭고 의연하게 잔을 들어 건배하는 마음이다. 어쨌든 일어날 일을 막을 수는 없으니 마시던 잔을 꺾지 말고 계속 마시자는 뜻. 한때 유행했던 'KEEP CALM' 시리즈 중에서 'Keep calm and drink beer(진정하고 계속 즐겨)'와 비슷한 슬로건이랄까. 삶이란 건 어쨌든 '그럼에도 불구하고'의 정신이다. 반갑지 않은 일이 닥치더라도 우리에게는 맥주가 있고, 함께 잔을 들어줄 사람이 있고, 서로의 행운을 빌어주는 마음들이 있다.

Prost!

이 마법 같은 주문을 외치며 맥주를 한 잔 더 주문해보자. 독일에는 사시사철 맥주가 제철이다.

선물은 g i f T 독이 될 수 있다

gift

독일어를 처음 배울 때 나를 혼란에 빠뜨린 두 가지는 관사와 영어였다. 가장 헷갈렸던 것은 홍길동이 변신술 쓰듯 오만 가지로 변하는 관사들이었지만, 그에 못지않게 헷갈렸던 것은 영어와 비슷한데 의미가 전혀 다른 단어들이었다. 예를 들면 파스트fast는 빠르다는 뜻이 아니라 거의라는 뜻인데, 거의 죽었다는 걸 급하게 빨리 죽었다는 줄 알았다. 셰프Chef는 요리사가 아니라 보스, 즉 상사인데 누군가 자신의 상사 이야기를 할 때마다 나도 모르게 공효진 배우를 떠올리게 된다. (봉골레 파스타 하나! 예 셰프!) 이히 빌Ich will은 I will이 아니라 I want고, 인과관계에 붙는 접속사 덴denn은 꼭 영어의 then처럼 들려서 인과관계를 뒤죽박죽으로 망치곤 한다. 그러니까 "Ich esse, denn ich habe Hunger"라는 문장은 '나는 배가 고프기 때문에 먹는다'라는 말인데, '나는 먹는다. 그러면 배가 고프다' 같은 진정 나다운 문장으로 들리곤 하는 것. 바페Waffe는 무기라는 뜻인데 자꾸 와플이 생각나서 마음이 관대해지고, 바트 잘츠Bad Salz는 나쁜 소금이 아니라 목욕용 소금이며, LG는 삼성 친구 엘지가 아니라 리베 그뤼세 (Liebe Grüße, '애정을 담은 인사를 전하며'라는 뜻), 즉 메시지나 이메일 끝에 붙이는 인사말의 축약형이다. 텍스트를 읽다가 "LG, Lena"를 보고 레나가 엘지 다니는 줄 알았다.

더 문제가 되는 것은 언어들을 오가면서 반대말 혹은 곤란한 말처럼 발음되는 단어들이다. 독일에 온 지 얼마 안 됐을 때, 운전 중에 라디오에서 일기예보가 나올 때마다 반려인이 실실 웃는 거다. 이유를 물으니 라디오에서 자꾸 '조네, 조네(Sonne, 해)' 한다고. 그 말을 듣고서 "Die Sonne scheint(디 조네 샤인트: 해가 빛난다)"라는 문장을 들으니 과연 해가 '조네' 비치는 느낌이 들었다. 조넨쉬름 (Sonnenschirm, 사실 발음은 '존넨쉬음'에 가깝다)은 파라솔이나 양산을 가리키는 단어인데 같은 이름의 꽃도 있다. 한국에서 싫어하는 사람에게 건네는 꽃으로 유명세를 탔다고 들었다. '오예'는 영어에선 '앗싸!Oh yeah!'인데 독일어로는 '저런…Oje…' 하고 실망할 때 쓴다. 오예와 코미슈(komisch, 웃기다는 뜻도 있지만 이상하다odd, strange는 뜻으로도 많이 쓰인다) 의 조합을 자주 듣던 나는 독일인들이 진정 풍자와 해학의 민족인 줄 알았다. "Oje, das ist komisch"라고 하면

'저런, 그거 이상하네…'인데 나에게는 '우와, 웃기다!'로 들렸던 거다. '네ɴᵉ'도 영어의 'No'와 같은 독일어 나인ɴᵉⁱⁿ을 줄인 말이라서 (이때는 주로 '눼, 니예'처럼 한 대 때리고 싶은 발음으로 표현하는 것이 포인트) 아이들이 '네'라고 대답하면 이놈들이 좋다는 건지 싫다는 건지 당최 알 수가 없었다.• 우리나라에서 남성들이 그토록 듣고 싶어 한다는 '오빠'는 여기서 잘못 발음하면 할아버지(Opa, 오파)가 되고, 할머니를 뜻하는 오마Oᵐᵃ는 발음해 보면 엄마라는 말과 꽤 비슷하게 들려서 애들이 길에서 "엄마!"하고 큰 소리로 불러 사람들이 돌아볼 때마다 이 늙은 엄마는 가끔 제 발이 무척 저린다. 또 하나 멈칫하게 되는 단어는 그로스ᵍʳᵒˢˢ, 크다는 뜻인데 아이들이 해맑게 "Mama, du bist groß!(엄마, 엄마는 크잖아!)"할 때마다 영어 단어 gross(역겨운)로 들려서 엄마가 그렇게 토 나오게 싫은가, 난데없이 슬퍼진다. 유아어로 카카Kᵃᵏᵃ가 똥이고 포포Pᵒᵖᵒ가 엉덩이인 곳에서 "까까 먹을래? 그럼 엄마한테 뽀뽀"라는 문장은 뭐랄까, 상당히 애정도가 급감하는 느낌이다.

• 참고로 폴란드에서는 'No'가 '아, 그래 그래' 하는 긍정의 뜻이라고 한다. 신이시여 우리에게 왜 이런 시련을.

이런 대혼란의 와중에 화룡점정이 있었으니 기프트 Gift는 독일어로 '독毒'이었던 것. 선물은 게셴크Geschenk라는 단어를 쓰는데, 독일어 기프트에는 선물이라는 뜻이 전혀 없다. 그걸 몰랐던 나는 글을 읽으면서 화학물질과 플라스틱이 왜 지구에게 크나큰 선물이 된다는 건지 도통 이해할 수가 없었다. Giftpilz(기프트필츠: 독버섯)라는 단어를 보면서는 독일 사람들이 워낙 버섯을 좋아하니 버섯 선물이라는 단어가 있나 하고 그야말로 버섯돌이 같은 생각을 했다. 세상에, 기프트가 독이었다니. 그림 형제가 독일인이었음을 감안할 때, 노파로 변한 왕비가 백설공주에게 선물로 주고 간 게 독사과였던 것은 우연이 아니었나 보다.

독일어와 영어는 같은 게르만어파인데 어떻게 이렇게나 뜻이 달라졌는지 궁금해서 어원을 찾아보았다. 놀랍게도 기프트의 어원은 '주다'라는 뜻의 동사 게벤geben에서 파생되었고, 괴테가 활동했던 19세기 초까지만 해도 기프트가 영어처럼 선물이라는 의미로 쓰였다고 한다. 하지만 이제는 그런 의미가 싹 사라지고 독이라는 뜻만 남았다고. '결혼 지참금'이라는 뜻의 밋기프트(Mitgift, 독일어 mit은 영어의 with에 해당하므로 말 그대로 '가져가는 선물'이라는 뜻이 된다)에 기프트의 본래 의미가 유일하게 살아남은 정도다.

독일인들은 왜 기프트라는 단어에서 선물의 의미를 거두고 독이라는 의미만 남겼을까? 어떻게 이렇게 정반대에 가까운 말로 바뀐 걸까? 고개를 갸웃거리다 생각했다. 세세한 사정은 잘 모르겠지만 꼭 반대되는 말은 아니구나, 지나친 선물은 독이 될 수도 있으니까. 만물에 빛과 그림자가 있듯, 선물에도 빛과 그림자가 있다. 실은 독 자체가 본래 양면성을 지닌 존재다. 뱀독이 약으로 쓰이기도 하고 마약 성분이 진통제로 쓰이기도 하듯이, 원래 독이 되는 것과 약이 되는 것의 경계가 그렇게 물과 기름처럼 명확히 나뉘는 것은 아니다. 과다 복용하면 약도 독이 되듯이, 선물도 과하면 독이 될 수 있다.• 영어 표현으로 재능 있는 아이를 'gifted child'라고 하는데, 우리는 재능이 독이 되는 경우를 드물지 않게 본다. 아이의 재능에 목을 매는 어른들과 그런 재능으로 삶을 일그러뜨리는 이

• 비슷하게는 김소연 시인의 『한 글자 사전』에서 '옥'이라는 단어를 "보석이자 감옥이자 집"이라고 정의해 놓은 문장을 보고 그 중의적 의미에 새삼 감탄한 적이 있다. 보석은 감옥이 될 수 있고, 집도 감옥이 될 수 있다. 약도, 선물도, 결국은 독이 될 수 있는 것처럼.

들을 종종 만나는 세상에서, 그리고 지나친 선물로 구설에 오르는 사람들이 있는 세상에서, 기프트를 독이라는 뜻으로 쓰는 사람들이 어딘가에 있다는 사실은 낯선 언어가 우리에게 가만히 건네는 지혜가 아닐까.•

　사람 사는 곳은 어디나 다 비슷하다고 믿는 나에게도 '이런 부분은 참 다르구나' 하고 느낀 게 있다면 독일의 선물 문화다. 내 경험의 한계인지 모르겠지만 독일에 살면서 휘황찬란한 선물을 본 적이 없다. 결혼이든 취업이든 출산이든, 뭐가 됐든 간에 명품을 선물한다는 개념 자체가 희박하다. 직접 만든 조그만 것들을 귀하게 여기고 크게 기뻐한다. 아이가 다니는 유치원에서 선생님 한 분이 이사를 가게 되어 이별 선물을 마련하기로 했는데, 아이들이 각자 그림을 한 장씩 그리고 예쁘게 꾸민 다음 그걸 파일에 끼워 책처럼 만들었다. 선생님은 눈물을 글썽

• 스웨덴에 사는 지인이 스웨덴어로 gift는 '결혼을 한, 기혼의'라는 뜻의 형용사로도 쓰인다고 알려주었다. 이쯤 되면 유럽인들이 단체로 우리에게 도전장을 내미는 느낌이다. 결혼은 선물일까, 독일까? 개인적으로는 선물도 독도 아닌 그저 삶의 무수한 옵션 중 하나라고 생각하는 편이지만, 굳이 둘 중 하나를 고르라면 글쎄. 결혼이 독성을 품는 날도 있고, 선물처럼 느껴지는 날도 있는 것이 인생 아닐까. 어느 쪽 길로도 갈 수 있지만 운전은 당사자들의 몫이니 현명한 운전자가 되기를 바랄 뿐이다.

이며 기뻐했다. 학기를 마치고 연말에 선생님들을 위한 선물을 마련하기 위해 학부모들이 돈을 걷는 경우에도 주로 동전 단위로, 원하는 만큼 낸다. 학부모 대표가 "이자벨 옷걸이에 작은 주머니가 걸려 있으니 그 안에 마음을 모아주세요" 하고 알리면 거기에 짤랑짤랑 익명의 동전이 모인다. 처음에 멋도 모르고 나 혼자 지폐를 들고 갔다가 분위기가 이게 아니구나 싶어 슬그머니 다시 가져온 적이 있다. 그렇게 모은 돈으로는 주로 초콜릿이나 작은 화분, 서점 쿠폰 같은 것을 선물한다.

아이를 키우면서 가장 고마운 부분이 바로 독일의 이런 소박하고 검소한 생활 문화다. 아이들이 비싸고 휘황찬란한 것에 노출되는 일이 적으니 부모 마음도 넉넉해진다. 생일을 맞은 아이들은 보통 반 친구들끼리 아이스크림이나 작은 머핀 같은 것을 하나씩 나눠 먹고, 모두가 작은 젤리 봉지를 하나씩 나눠 가지고는 좋아라 손에 들고 집에 온다. 부활절이나 크리스마스 같은 특별한 날에 유치원에서 파티를 할 때면 교실 앞 작은 게시판에 리스트가 붙는다. 필요한 물품을 학부모들에게 지원받기 위한 리스트인데, 정말 귀엽기 그지없다. 오이 하나, 바나나 두 개, 사과 세 개, 작은 소시지 네 개, 브레첼 한 개, 주스

한 통, 버터 하나, 치즈 약간, 꿀 약간. 독일은 식재료값이 싼 편이라, 비싸 봤자 모두 2유로를 넘기지 않는 것들이다. 내가 가져오겠다고 바나나 두 개 옆에 이름을 적으면서 왠지 웃음이 나왔다. 500원쯤 되려나.

역사적으로 무슨 일이 있었는지 모르겠지만 독일에서는 돈 자랑을 굉장히 천한 것으로 여기고 부끄러워한다. 심지어 이런 말이 있을 정도다. "Über Geld redet man nicht, man hat es." 돈은 말하는 게 아니고 그저 갖고 있는 것, 즉 언급의 대상이 아니라 소유의 대상일 뿐이라는 말이다. 거칠게 말하자면 그냥 조용히 갖고 있지, 떠벌리지 말라는 충고다. 독일에서 자신을 포함한 누군가의 재정 상황을 공개적으로 말하는 것은 눈살이 찌푸려지는 일이고, 심지어 친구나 친척 간에도 급여나 자산을 화두에 올려 공개하는 경우는 별로 없다고 한다. 돈의 영역에서만큼은 고요와 겸손이 미덕이다. 그래서인지 사람들은 명품에 돈을 쓰기보다 여행이나 휴가에 돈을 쓰고, 일상을 소박하게 꾸리는 편이다. 처음 독일에 와서 월세를 내고 살았던 아파트의 집주인 M은 집값이 비싸기로 소문난 뮌헨 지역에 집을 몇 채씩 소유하고 있었지만, 욕실이

든 부엌이든 손볼 일이 생기면 작업복을 입고 직접 부품을 가져다 고쳐주었다. 의사인 S는 비가 오나 바람이 부나 늘 자전거로 씩씩하게 아이를 유치원에 데려다주더니, 아이를 하나 더 낳고서야 드디어 차를 장만했다. 독일 국민차인 소형 폭스바겐으로. 그렇지만 맑은 날에는 여전히 자전거로 등하원길을 누빈다.

아이가 포어슐레Vorschule라는 학교 예비반을 마치면서, 1년간 수업을 담당해 주신 얀 선생님께 감사의 마음을 전하기로 했다. 아이는 작은 종이에 무지개와 꽃과 나비를 그린 뒤 이름을 쓰고, 나는 한국에서 온 이런저런 맛의 티백 다섯 개를 모아 손바닥만 한 상자에 넣었다. 선생님께서는 사랑스러운 선물이 너무 고맙다고 내게도 직접 문자를 주셨다. 스승의 날 선물이 너무 과도해져서 선물을 전면적으로 금지하고, 다른 영역에도 김영란법으로 제동을 걸어두어야 했던 우리의 선물 문화를 돌아본다. 내가 주고받은 선물들이 어땠는지 생각해 보자. 기쁨이자 온기였는지, 아니면 부담이고 고통이며 실상은 독성을 품은 것이었는지. 작은 것에 기뻐하고 사소한 것에 즐거워하는 사람들이 인생을 행복하게 사는 것 같다. 선물은 기쁨과 독의 경계에 있다는 사실, 기억하면 좋지 않을까.

K

i

N D

E R

G A

위한

R T

정원

E N

아이들을

KINDERGARTEN

나는 예원유치원 토끼반 어린이였다. 우리 유치원에는 토끼반과 기린반, 딱 두 반이 있었는데 어쩌다 딱히 연관성 없어 보이는 토끼와 기린이 동물 대표로 반 이름이 되었는지, 나이를 먹을 대로 먹은 이제야 새삼 궁금하다. 토끼반이 위층, 기린반이 아래층을 썼는데 두 반 사이에 교류는 딱히 없었다. 제일 친했던 소꿉친구가 기린반에 배정되었지만 당최 만날 일이 없어서 서운했다. 기린반 선생님은 자그마한 체구에 토끼를 닮은 인상이었고, 우리 토끼반을 맡은 K 선생님은 어쩐지 사자가 떠오르는 모습이었다. 화려한 이목구비의 미인이었는데, 머리를 당시 미스코리아들이 흔히 하던 사자 갈기 스타일로 커다랗게 부풀리고 있었기 때문이다. 사자 머리 선생님은 토끼처럼 포근했고, 유치원은 내가 다닌 교육기관 중에서 제일 재미있고 신나는 곳이었다. 춤추고 노래하고 만들고 그리면서 나는 많은 것을 배웠다.

여러 가지 즐거운 기억이 있지만 딱히 기억나지 않는

것은 뛰어놀았던 기억이다. 우리 유치원에 앞뜰이나 작은 운동장이 있었던가? 어린 시절을 잘 기억하는 편인데 그 기억만큼은 가물가물하다. 미술 시간에 옷이 더러워지지 않게 팔에 끼우는 토시 같은 건 있었지만 밖에서 놀기 위한 옷은 따로 없었다. 나는 엄마가 아침에 입혀준 예쁜 원피스에 쫑쫑 땋아준 디스코 머리를 그대로 유지한 채, 헝클어지지 않은 단정한 모습으로 다시 집으로 배달되곤 했다.

독일에서 유치원을 다닌 내 아이들의 모습은 무척 달랐다. 아이들을 데리러 가면 일단 이 녀석들이 어디 있는지 찾는 것부터 힘들었다. 아이들은 넓은 정원 곳곳에 숨어 있었다. 언덕에서 데굴데굴 구르고 있거나, 세발자전거 뒤에 친구를 태우고 질주하거나, 물놀이를 하다 수건을 깔고 일광욕을 하고 있을 때는 그래도 찾기 쉬웠다. 하지만 녀석들은 잎사귀가 우거진 나무에 올라가 있기도, 정원 구석의 오두막집에 들어가 있기도, 자기가 파놓은 모래 구덩이에 들어가 있기도 했다. 한눈에 보이는 평평한 지형이 아니라서 언덕을 올랐다가 숲 뒤로 갔다가 하면서 자식 놈을 찾아 헤매고 있으면, 아이 친구들이 귀여운 소리로 위치 정보를 알려주곤 했다.

그렇게 찾아낸 아이들은 한숨이 절로 나오는 꼴을 하고 있었다. 새벽 3시에 감자탕집에서 갓 나온 취객의 행색이거나, 보령 머드 축제에 참가한 다소 소심한 관광객의 모습이거나. 게다가 유치원 모래는 왜 그렇게 옷에 담아 오는지, 현관에서 겉옷과 신발을 벗으면 모래가 은혜처럼 폴폴 쏟아지는 게 한 달만 모으면 해운대 백사장을 만들 수 있을 것 같았다. 무릎에 뿔이라도 나는지 바지에는 늘 통풍(?)을 위한 구멍이 생겼고, 모래는 그리로 더욱 신나게 출입했다. 신발은 빨아도 빨아도 '거지발싸개'란 이런 것이구나 깨닫게 만드는 모양새였고, 새로 산 장갑은 한 달이 못 되어 유치원 정원 한쪽 구석에서 장갑으로 보이는 사체로 발견되었다. 아무리 선크림을 바르고 모자를 썼어도 아이들은 빵처럼 익어서 왔다.

그런 거지꼴의 아이들은 토마토처럼 빨간 얼굴로 뛰어나와서 열매와 돌과 깃털, 따 모은 풀꽃들을 선물이라며 내게 내밀었다. 그러고는 조잘거렸다. "오늘은 헤이즐넛 주워서 까먹었어." "오늘은 떨어진 사과를 주워서 바구니에 담았어, 한 삼십 개도 더!" "엄청 큰 포크랑 빗자루로 선생님이랑 나뭇잎을 산처럼 모았어." "엄마, 유치원에 블랙베리랑 라즈베리 있는 거 알아? 예쁜데 맛은 없어."“엄마, 깨끗한 눈은 먹어도 된대. 근데 아주 조금만.” 그렇게 함께 집에 가는 길에 내게 이런저런 걸 알려주었다. 엄마, 저 열매는 새가 먹는 거야. 우리가 먹으면 배가 아프대. 엄마, 이렇게 생긴 풀은 만지면 안 돼. 엄청 따가워. 엄마, 이렇게 생긴 나뭇잎이 달린 나무에는 카스타니에(밤처럼 생긴 열매)가 열려.

유치원을 킨더가르텐(Kindergarten, 실제 발음은 '킨더가-튼'에 가깝다)이라고 부르는 이유를 나는 이곳에 와서 새삼 깨달았다. 킨더가르텐은 아이들Kinder을 위한 정원Garten이다. 수업을 위한 건물이기보다는 친구들과 뛰어놀 수 있는 뜰. 그러니까 책상에 앉아 학교 가기 전에 떼어야 할 것들을 열심히 배우는 곳이기보다는, 흙과 물과 풀이 어우러진 곳에서 온몸으로 구르고 만져보며 중요한 것들을 배우는 곳이었던 것이다. 상급 학교로 올라갈수록 닫힌 공간으로 내몰리게 되는 아이들이 어릴 때만큼은 햇빛을 담뿍 받으며 바깥 공기를 호흡할 수 있도록, 가르텐이라는 단어를 붙여둔 마음을 가만히 들여다본다. 아이들을 위한 정원, 아이들이 자라는 정원. 독일은 세계 최초로 유치원을 만든 나라다.

꽃밭에는 꽃들이 모여 살고요

우리들은 유치원에 모여 살아요

○○ 유치원 ○○ 유치원

착하고 귀여운 아이들의 꽃동산

어린 시절에 아무것도 모르고 얼굴에 꽃받침을 해가며 불렀던 노래가, 최초의 유치원 설립자 프리드리히 프뢰벨(Friedrich Fröbel, 1782-1852)의 마음을 담고 있다는 사실을 뒤늦게 깨달았다. 널리 알려진 교육학자인 프뢰벨은 1840년 독일 바트 블랑켄부르크에서 세계 최초의 유치원을 만들었는데, "Kinder sind wie Blumen", 즉 '아이들은 꽃과 같은 존재들'이라는 말을 남겼다. 이 말에는 여러 가지 의미가 있다. 첫째, 그렇기에 잘 보려면 어른들이 허리를 굽혀야 한다는 뜻. 즉 어른들의 눈높이와 아이들의 눈높이는 다르며, 아이들 눈높이에 맞는 교육법도 따로 존재한다는 함의가 있다. 둘째, 아이들은 작은 꽃과 같아서 활짝 피어날 수 있게 잘 보살펴야 한다는 뜻. 정원사가 식물의 특성에 따라 물과 빛의 양, 적당한 비료 등을 고려해 정성껏 키우고 가지치기도 해주듯이, 교육자도 아이의 특성에 따라 잘 성장하고 피어날 수 있는 환경을 조성해야 한다는 뜻이다. 셋째, 모든 꽃은 그 자체로도 예쁘지만 다양한 꽃이 무리 지어 있을 때 황홀해진다는 것. 그러므로 또래 그룹 안에서 더 활짝 피어난다는 뜻이기도 하다. 취학연령 전 단계의 아이들 교육에 헌신한 프뢰벨이, 유치원을 설립해 비슷한 나이대의 아이들을 모아 함께 놀며 상호작용을 하게 했던 이유다.* 넷째, 화분에 심은 꽃보다 자연에 피어난 꽃이 뿌리를 더 깊게 내리고 가지를 활짝 펴듯, 아이들도 가두지 말고 맘껏 뛰놀게 해줘야 한다는 뜻. 유치원이 아이들의 정원, 즉 '킨더가르텐'이 된 이유다.

프뢰벨이 꿈꾸는 유치원은 '아이들을 위한 정원a garden for children'이자 '아이들로 이루어진 정원a garden of children'이

• 프뢰벨은 아이들의 성장에 놀이가 얼마나 크고 아름다운 역할을 하는지 깨달았던 선구자적 인물이다. 19세기 초만 해도 유럽에서는 놀이를 시간 낭비로 여기고, 아이들을 빨리 훈육시켜 가계에 보탬이 되게 하려는 분위기가 지배적이었으므로 프뢰벨의 놀이 중심 교육은 낯설고 새로운 것이었다. 어린아이를 키우는 집이라면 가베 Gabe라는 이름의 놀잇감 시리즈가 낯설지 않을 텐데, 아이들이 창의력과 상상력을 발휘할 수 있도록 가베를 고안한 사람도 바로 프뢰벨이다. 재창조의 여지가 없는 이미 완성된 형태의 장난감보다는, 털실 공과 나무 블록, 각종 도형과 선, 점 등 다양한 모양으로 자유롭게 평면과 입체의 세상을 구성해 가며 놀 수 있는 가베가 더 좋은 놀잇감이라고 생각했던 것이다. 가베의 원뜻은 '신의 선물'이다. 그런 의미에서 미국에서는 가베를 기프트라고 부른다. (독 아닙니다….)

었다. '아이들을 위한 정원'이라는 말은 그야말로 자연에서 조화롭게 뛰놀 수 있는 환경을 말하는 것이고, '아이들로 이루어진 정원'이라는 말은 함께 뛰놀고 어울릴 수 있는 또래 그룹을 말하는 것이다. 우리 동네 유치원은 '정원'이라는 부분과 '또래 그룹'이라는 측면 모두에 밑줄이 그어진 시스템을 갖추고 있었다.

우선 '정원'이라는 부분부터. 독일에 와서 아이들을 유치원에 등록하고 준비물 리스트를 받았는데 처음 보는 단어가 있었다. 마치호제Matschhose. 번역기를 돌려보니 mudpants라고 나오는데, 대체 무슨 물건인고 싶었다. 알아보니 방수 재질의 놀이 바지였다. 여름에는 더우니까 안 입지만 봄가을에는 얇은 걸로, 겨울에는 두꺼운 걸로 장만해서 애들이 마치 교복처럼 입고 다닌다. 유치원에선 눈이 오나 바람이 부나 이걸 입혀서 사시사철 밖으로 내보내고, 아이들은 이걸 입고 한층 파워가 업그레이드되어 운하를 건설하기도, 눈밭에서 뒹굴기도 한다.

놀이 바지는 유치원에 늘 있어야 하는 아이템이고, 여름과 겨울엔 각각 물놀이와 눈놀이를 위한 준비물이 더해진다. 겨울에는 아이들이 사물함에 개인 썰매를 갖다 놓고 타기도 하고, 여름에는 수영복과 타월 세트가 필수.

꼬꼬마들이 잔디밭에서 각자 자기 타월에 누워 일광욕을 하는 모습은 정말이지 깜찍함의 극치, 귀여움의 이데 아랄까. 아이들이 다닌 유치원에서는 그날그날 기분 따라 하고 싶은 사람만, 하고 싶은 만큼 참여할 수 있게 정원 한쪽에 다양한 물놀이 시설을 만들어두었다. 수영복은 입기 싫지만 손 넣고 물놀이는 하고 싶은 아이들을 위해서 찰랑찰랑 물을 담아둔 거대한 고깔, 수영복을 입고 풍덩 빠질 수 있는 작은 풀, 그리고 축구를 하다가도 물을 맞을 수 있게 정원을 가로지르는 스프링클러와 물놀이용 호스 등이 아이들의 물놀이를 반겼다.* 겨울에 유치원 정원의 작은 언덕에 눈이 쌓이면 미니 눈썰매장도 개장했다. 유치원 교실 풍경만 기억나는 나와는 달리, 우리 아이들에게는 교실보다 유치원 뜰의 기억이 더 크고 생생하다.

바깥 놀이의 중요성이야 누구나 인정하는 부분인데 문제는 어른들이 이걸 정말로 기쁘게 권하는가, 아니면 아이들이 더러워져서 내키진 않지만 좋다니까 시키는 건

---

* 참고로 독일 놀이터에는 대체로 물놀이를 할 수 있는 시설이 갖춰져 있어 아이들이 여름에 수영복 차림으로 동네 놀이터에 가곤 한다. 큰 모래밭에 물을 흘려 넣을 수 있게 수도 시설이나 펌프가 있는 편이라, 모래성이나 댐을 만들 수도 있고 물길을 파며 놀 수도 있다.

가다. 이곳에 살다 보니 그 부분이 결정적으로 다르게 느껴진다. 며칠 동안 강풍을 동반한 비가 오다가 오랜만에 해가 났더니 유치원 선생님이 정말 세상 행복한 얼굴로 "우와, 해다! 오늘은 밖에서 놀 수 있겠어!!!" 하고 아이에게 기쁜 듯 말을 걸어줄 때 느꼈다. 아, 밖에 나갈 수 있어서 진짜 좋으신가 보다. 나는 두 아이를 5년간 유치원에 보내면서 유치원의 모든 이들이 바깥 뜰에서 보내는 시간을 열렬히 사랑한다는 느낌을 받았다.•

이제 두 번째, 또래 그룹에 관한 이야기를 해보자. 나는 독일 유치원의 중요한 테마가 '섞임'이라고 생각한다. 이곳에서는 동갑인 친구들로만 반을 구성하지 않는다. 우리나라에도 변화의 바람이 불고는 있지만 아직 대부분의 유치원과 어린이집에서 나이로 반을 가른다. 나는 토끼띠인데, 예원유치원 토끼반 친구들은 모두 토끼띠였던 것이다! 그땐 "우리는 운명이야!" 하면서 떠들었지만 운명은 무슨, 우리는 예전부터 "동년도 출생아(동년도 1월 1일~동년도 12월 31일 출생아)를 함께 반 편성하는 것을 원칙으로 한

• 사실 육아 철학과는 별개로 한국에서는 미세먼지 같은 환경적 이유 때문에 아이들을 밖으로 내보내고 싶어도 그러지 못한다는 사실이 안타깝다. 이제 아이를 키우는 데는 한 마을이 필요한 게 아니라 전 세계, 온 우주의 도움이 필요하다.

다"는 연령별 반 편성을 기본으로 삼았기 때문이다.

독일에는 유치반인 킨더가르텐(Kindergarten: 만 3-6세)과 유아반인 크리페(Krippe: 만 3세 전)가 있는데, 나이가 다른 아이들을 섞어서 반을 구성하는 게 기본이다. 아이들끼리 자연스럽게 서로 배려하는 법도 익히고, 도움을 청하는 법도 배우고, 자기보다 어린 동생들을 돌보기도 해서 좋아 보인다. 작고 귀여운 애들이 더 작은 애들을 귀여워하는 모습을 보고 있으면 심장이 버터처럼 사르르 녹으면서 인류애가 콸콸 솟아난다. 동네 놀이터에서도 어린이들이 처음 보는 동생들을 잘 배려하고 도와주는 것이 참 고마웠는데, 이런 시스템 안에서 자연스럽게 터득한 것이 아닌가 한다.

나이에 따라 획일적으로 반을 구성하면 그 안에서 잘하는 아이와 못하는 아이가 구별되기 마련이라 서열이 생기고, 모두가 낙오 없이 다음 학년으로 올라가야 한다는 강박이 슬그머니 자리 잡는다. 그런데 처음부터 이렇게 섞어두면 아이들은 늘 나보다 어린 누군가를 도와주고 가르쳐줄 수 있다는 점에서 자신감을 얻고, 기본적으로 나이에 유연한 마인드를 갖게 된다. 반 친구들의 학교 예비반 활동이나 책가방의 날Schulranzentag,• 졸업식 같은 행사를 가까이 지켜보면서 내가 다음에 겪을 과정에 관해 마음의 준비도 하고, 학교에 가더라도 같은 반 친구들이 상급반에 있어 반갑게 만날 수 있다. 지금은 종교와 인종, 계급을 초월해서 아이들이 함께 놀며 생활하는 유치원의 모습이 당연하고 익숙하지만, 당시에만 해도 프뢰벨의 생각은 상당히 새롭고 급진적인 것이었다고 한다. 한때는 사회주의적 교육으로 받아들여져 1851년 독일에서는 유치원 금지령이 내려지기도 했다는 사실이 이를 뒷받침한다.•• 이 금지령은 그가 세상을 떠난 뒤 8년 만인 1860년에 풀렸다.

섞임의 중요성은 놀이와 관련해서 반을 운영하는 모습에서도 드러난다. 반마다 환경이나 구비된 장난감이

• 곧 졸업해서 학교에 갈 친구들이 유치원에 책가방을 메고 와서 반 친구들에게 가방도 자랑하고 안에 든 학용품도 보여주는 날. 곧 졸업하는 친구들은 의젓함을 선보이고 자신감을 얻을 기회를, 어린 친구들은 학교에서 필요한 물건과 그렇지 않은 물건들을 배우고, 학교 생활에 대한 밑그림도 그려볼 수 있는 기회를 얻는다.

•• 게다가 어린아이들의 정서 발달을 돕는 데 최고의 자질과 민감성을 갖춘 이는 여성이라는 판단하에, 프뢰벨은 여성을 위한 교육기관을 설립하여 유치원이라는 새로운 교육 시스템의 안정과 발전을 꾀하는 행보를 보였다. 따라서 유치원은 여성의 교육 기회 확대와 사회 진출이라는 민감한 사회 정치적 이슈와도 밀접하게 맞물려 있었고, 정치적으로 목소리를 낼 수 없었던 당시의 진보적 여성들은 미래 세대에 희망을 걸고 유치원에서 새로운 실험을 통해 어린이들을 교육하고자 했다. 유치원을 향한 곱지 않은 시선은 당시의 이런 보수적 사회 배경에 따른 결과였다.

다르기 때문에 다른 반에 놀러 가는 게 무척 즐거운 일이 된다. 아이들이 다녔던 유치원의 예를 들면, 보라반 앞 복도에는 커다란 특수 모래통이 있어서 아이들이 틀로 모양을 찍느라 바빴고, 파랑반 앞에는 레고 테이블과 바닥 놀이용 매트가 있었다. 초록반 앞에는 작은 슈퍼마켓이, 빨강반 앞에는 거대한 목조 놀이 기구, 하양반 앞에는 인디언 텐트와 벽에 붙여둔 놀이 판 세트가 있었다. 토끼반이었던 나는 기린반에 놀러 갈 수 없었는데, 빨강반인 내 아이는 일과 중에 '초록반에 놀러 가기'가 쓰여 있는 것이 좋았다.

반마다 규율이나 시간표도 조금씩 다른데, 큰 테마에 부합한다면 반별로 활동이나 수업 내용 역시 자율적으로 진행한다. 아이들이 다닌 유치원에는 해마다 '소리와 음악'이라든지 '우리가 사는 세계' 같은 테마를 정해 그 해의 활동을 진행했는데, '마법 가득한 동화 나라(독일은 그림 형제의 나라이기도 하다)'가 테마였던 해에는 반마다 읽고 싶은 동화를 자유롭게 선택했다. 첫째네 반에서는 1월엔 빨간 모자, 2월엔 백설공주를, 둘째네 반에서는 1월엔 룸펠슈틸츠헨, 2월엔 요술 냄비 등 서로 다른 동화를 읽으면서 내용에 맞춰 함께 요리도 하고(둘째네 반에서는 요술 냄비에 등장하는, 끊임없이 만들어져 온 도시를 덮었다는 좁쌀죽을 끓였고 첫째네 반에서는 백설공주 컵케이크를 구웠다고 한다), 신체의 기능에 대해서 배우기도 하고, 어른을 보살피는 일이나 약속과 비밀에 관해서도 생각하는 등 '아, 이 동화를 통해 이런 테마들을 배울 수 있구나' 싶은 다양한 내용으로 한 해를 꾸렸다. 화이부동和而不同을 실천하는 느낌이랄까. 이렇게 반마다 다른 것을 배우면 서로에게 설명해줄 수도 있고, 무엇보다 기본적으로 모두가 획일적인 생활을 하지 않아도 된다는 점, 그리고 다른 집단의 규율과 다양성을 존중해야 한다는 점이 자연스럽게 아이들의 내면에 자리 잡을 것 같아 꽤 긍정적으로 보였다. 두 아이를 보내본 경험상, 실제로 같은 유치원 안에서도 반마다 규율이 달랐고 준비해야 하는 물품도 제법 달랐다.

섞임의 미학은 아이들뿐 아니라 선생님에게서도 보였다. 기본적으로 담임선생님Erzieher(in)• 한 분에 보육 교사 Kinderpfleger(in) 한두 분이 팀을 이루어 한 반을 맡는데, 담임선생님은 주도적으로 아이들의 일과와 커리큘럼 같은 것

• '-in'은 여성을 나타내는 접미사이다. 독일어에서는 같은 뜻의 단어라도 성별에 맞춰 다르게 사용해야 한다.

을 담당하고, 보육 교사는 담임을 보조하며 아이들을 돌본다. 둘은 자격 요건이 다르고 공부하는 기간도 다르며, Kinderpfleger(in)들은 Erzieher(in) 없이 단독으로 아이들을 지도할 수 없다. 언어 발달, 아동 심리, 연극 및 음악 등 선생님들 전공도 다양하게 섞여 있다. 나는 특히 선생님들 연령대가 다양하다는 점이 무척 좋다고 생각했다. 아이들이 다닌 유치원에는 인턴십을 하는 10대 청소년 선생님이 학기마다 바뀌어가며 들어오고, 화요일과 목요일에만 출근하는 할머니 선생님도 계셨다. 둘째가 처음 들어갔던 빨강반(크리페라서 선생님 수가 더 많았다)의 경우 유치원 부원장인 담임선생님 한 분(30대), 오랜 경험이 있는 보육 교사 한 분(50대), 화요일과 목요일에만 오시는 할머니 선생님 한 분(60대), 그리고 약간 장애가 있는 젊은 보조 교사가 또 한 분(20대), 이렇게 네 분이 아이들을 돌봤다. 다양한 어른을 만나는 경험이 참 좋았다.

우리나라에도 어르신 보육 교사 도우미 제도가 시행되고 있으며, 이에 대한 관심이 높다고 들었다. 인생 경험과 아이들에 대한 사랑이 많은 할머니 할아버지들이 새싹 같은 어린이들과 시간을 보내며 직업을 가지는 일은 분명 국가적으로도, 사회적으로도, 서로에게도 무척 좋은 일일 거라고 믿는다. 거기에 덧붙여, 장애를 가진 선생님을 두는 것 역시 훌륭한 제도이자 고마운 교육일 것이다. 아이들이 어렸을 때 몸이 좀 불편하신 분을 선생님으로 둔다는 것, 그 선생님과 함께 신나게 어울려 논다는 것이 아이들의 일생에 미칠 영향은 자명하지 않을까.

나는 유치원 하나로 사회 전체를 볼 수 있다고 생각한다. 그저 아무것도 아닌 '애들 유치원'으로 볼 수도 있지만, 우리 삶에서 중요한 것들은 보통 유치원에서 다 배우게 되니까. 이렇게 섞임의 미학이 두드러진 시스템이지만 지금껏 독일에서 만난 유치원 선생님들이 인턴십을 하는 청소년 빼고는 모두 여성이었던 점은 많이 아쉽다. 독일에서도 성별에 따른 불평등과 임금격차는 여전히 크다.

이곳 유치원에서의 아이들 모습을 하나의 독일어 동사로 표현한다면 무엇이 될까? 누가 나에게 물어본다면 나는 '레벤(leben, 삶을 살다)'이라고 답할 것이다. 슈필렌(spielen, 놀다)도 레르넨(lernen, 배우다)도 아닌 레벤.

내가 한국에서 경험한 바에 따르면 유치원은 학습이 주가 되는 곳이었다. 하지만 내가 독일에서 아이들을 보내며 느낀 유치원은 그냥 시간을 잘 보내는 곳이었다. 물론 많은 것을 배우기도 하지만 기본적으로 아이들이 건강하고 안전하게 놀고 먹는 곳, 자기다움을 잃지 않고 느긋하게 시간을 보내는 곳. 아이들은 선생님과 함께 과일을 씻어 자르고, 같이 반죽을 해서 쿠키와 빵을 구워 먹고, 먹은 그릇을 치우고, 같이 장난감 배터리를 갈아 끼우고, 낙엽을 쓸고, 열매를 주워 담고, 그렇게 담은 바구니 주위에 동그랗게 둘러앉아 껍질을 까먹고, 동네를 산책하고, 그렇게 사는 데 기본이 되는 것들을 조금씩 함께 한다.• 자유 시간의 비중도 크다. 느슨하게, 각자 하고 싶은 것을 하며 많은 시간을 보낸다. 누워서 하늘을 보기도 하고, 친구와 손수레 안에 쏙 들어가 담소를 나누기도 하고, 무언가를 열심히 하며 어떤 성과를 내지 않더라도 삶은 충분히 즐겁고 의미 있다는 것을 자연스럽게 느끼고, 아이로서의 삶을 산다.

• 숲 체험, 텃밭 체험, 김치와 깍두기 담그기 체험 등 우리나라 유치원에도 '삶'과 관련된 프로그램이 많이 시행되고 있는 것은 고맙고 기쁜 일이다. 하지만 '체험'과 '삶' 사이의 간극이 조금 아쉬운 것도 사실이다. 물론 우리의 시공간은 유한하므로 삶에서 어떤 것들은 체험일 수밖에 없다는 한계가 분명히 존재한다. 하지만 우리에게 중요한 것은 함께 만들어 먹고 씻고 청소하며 가끔은 그저 가만히 시간을 보내는 것, 다시 말해 그저 어울려 함께 삶을 살아가는 것임을 아이들에게 제대로 알려주면 좋겠다고 생각한다.

자연을, 특히 나무를 사랑했던 독일 작가 헤르만 헤세는 나무들 하나하나가 고유한 형태와 특별한 상처를 가진 모습으로 자신만의 삶을 사는 모습을 가만히 목격하며 감탄하곤 했다. 프뢰벨이 그와 만났다면 아마 '고유하게 예쁜 꽃들이 모여 삶을 사는 공간'으로서의 유치원에 관해 즐겁게 이야기를 나누지 않았을까 상상한다. 최근 『헤르만 헤세의 나무들』이라는 책을 읽고 현재 내 삶이 자연에서 얼마나 떨어져 있는지, 그것이 얼마나 어리석은지를 새삼 깨달았다. 헤세가 말하듯 우리보다 오랜 삶을 지녔기에 긴 호흡으로 평온하게 생각하는 나무들, 우리가 귀담아듣지 않아도 항상 우리보다 더 지혜로운 대지와 자연. 우리는 뜰로, 정원으로, 자연으로 나가는 법을 왜 잊었을까.

헤세는 우리가 나무에서 얻은 아름다운 것들을 어딘가에 보관해 두었다가, 그것을 힘든 시절에 꺼내어 쓸 수 있다면 얼마나 좋겠느냐고 말한다. 헤세의 이 다람쥐 같은 소망을 그대로 가져다 생각해 본다. 아이들이 유치원에서 아름다운 것들을 한 움큼씩 얻어, 이후의 힘든 시절에 쓸 수 있게 보관할 수 있다면. 유치원幼稚園이라는 단어는 '동산 원圖' 자를 써서 킨더가르텐이 중요하게 여기는 본래적 의미를 담고 있다. 조금 더 본연의 의미에 가까운 정원이 되어, 아이들에게 아름다운 것들을 한 움큼씩 주는 공간이 되면 좋겠다.

개인적으로 힘든 일을 겪을 때, "한국에 친정이 하나 더 있다고 생각하게"라는 말로 큰 위로를 주신 분이 있다. 시간이 많이 지난 지금 되새겨도 여전히 따뜻하고 뭉클한 말이다. 친정親庭이라는 말도 한자 그대로 풀이하면 '친한 뜰'이라는 뜻이다. 그렇게 우리는 뜰에서 컸고, 뜰에서 힘을 얻는 존재들이다. '친한 뜰'이라고 했을 때 떠오르는 풍경이 있는 건 축복이고, 우리 어른들은 그런 축복을 더 많이 누리며 컸다. 나는 아파트나 빌라가 동네를 모두 먹어치우기 전에 성인이 되었으므로 정원이 있는 집에서 꽤 오래 살았다. 거기서 개미한테 과자도 주고, 구름이 변하는 풍경을 보느라 한나절을 보내기도 하고, 대추도 따 먹고, 엄마가 꽃사과를 따서 술 담그는 것도 보고, 강아지를 쓰다듬고 분꽃 씨를 따 모으며 놀았다. 작은 뜰이었어도 도시 꼬마에게는 운동장만 한 우주였다. 유치원 정원이든, 학교 운동장이든, 동네 공원이든, 세상에 온 지 얼마되지 않은 작은 생명들이 오래도록 든든하게 기억할 친한 뜰을 가질 수 있으면 좋겠다. 어른들도 자주 뜰에 나가 아름다운 것들을 마주하기를 바란다. 그렇게 뜰에서 크는 것을 보며 우리도 함께 클 수 있기를.

R

A

내던져진

U

S

존재들

W U

R

f

"엄마, 이음이는 세 밤 자면 던져져."

최근에 들은 귀여운 문장이다. 세 밤 자면 유치원을 졸업한다는 뜻이다. 독일 유치원에는 재미있는 풍습이 있다. 라우스부르프(Rauswurf, 실제 발음은 '라우스부어프'에 가깝다), 혹은 라우스슈미스Rausschmiss라고 하는데, 선생님이 졸업하는 아이들을 유치원 밖으로 던져주는 것이다. 물론 바닥에 폭신하고 두터운 매트리스를 겹겹이 깔아두고. 이것이 독일 유치원 졸업식의 하이라이트다.

라우스부르프Rauswurf는 '던짐'을 뜻하는 명사 부르프 Wurf에 '바깥쪽으로'라는 의미의 접두사 라우스raus가 붙은 말이다. 원래는 자의에 반해 쫓겨나거나 그만두게 되는 일, 즉 퇴출이나 제명이라는 뜻을 가진 명사다. 하지만 유치원에서는 말 그대로 졸업하는 아이를 밖으로 던져주는 세리머니를 지칭한다. 베르펜(werfen, 실제 발음은 '베어펜'에 가깝다)과 슈마이센schmeißen은 모두 '던지다'라는 뜻의 동사고, 여기에서 '밖으로 내던짐'이라는 의미의 라우스부르프Rauswurf와 라우스슈미스Rausschmiss가 파생되었다. 아이들을 던지면서 모두가 함께 외치는 문장은 지역마다 조금씩 차이가 있는 것 같은데 대체로 이렇다.

Eins, zwei, drei, die Kindergartenzeit ist jetzt vorbei!

하나, 둘, 셋, 유치원 시절은 이제 지나갑니다!

Fenster, Türen aufgerissen!! Die/Der ○○○ wird jetzt rausgeschmissen!

창문도, 문도 활짝!! ○○○가 이제 밖으로 던져집니다!

모두의 환호 속에서 콩, 하고 던져진 아이들은 다소는 수줍고 다소는 자랑스러운 감정을 후라이드 반 양념 반 섞은 듯한 표정으로 엉덩이를 문지르며 일어나 씩씩하게 밖으로 나간다. 다시는 포근하고 알록달록한 유치원 시절로 돌아갈 수 없다. 글자를 몰라도 좋았고 책상 앞에 오래 앉아 있지 않아도 되었던, 그저 세상의 품에 안겨 있는 것으로 충분했던 시절은 이제 지나간 것이다. 그렇게 내던져지는 아이들을 보고 있으면 내 마음에도 대견함 반 안쓰러움 반이 짬짜면처럼 한 그릇으로 배달된다. 이제는 더 이상 품속 아기가 아닌 의젓한 학생으로 세상에 나가야 하는 작은 인간들. 그저 내가 줄 수 있는 가장 큰 박수로 축복할 뿐이다.

아이들이 유치원 문 밖으로 던져지는 모습을 보면서 나는 하이데거의 '피투성被投性, Geworfenheit'을 떠올렸다. '피투성이'가 아니고 '피투성'인데, 왠지 그리로 갈 수 있는 말 같기도 하다. 피투성이가 되어 데굴데굴 구르면서 모난 부분이 조금씩 깨지는 인간들의 모습이 그려진달까. 하이데거에 따르면 우리 모두는 세상에 '내던져진 존재geworfenes Sein'다. 볼프강 슈테그뮐러라는 오스트리아 철학자는 하이데거가 『존재와 시간』에서 그린 인간의 모습을 다음과 같이 표현한다. "아무런 부탁 없이 이 세계로 내던져진, 유한한, 태어남과 죽음이라는 어두운 양극 사이에 낀, 밝힐 수 없는 상황에 처한, 존재의 가장 깊숙한 곳까지 두려움으로 가득 찬, (…) '아무것도 아닌 생명체nichtigen Kreatur'."

우리는 누구나 이 세상에 던져진다. 내 의지로 온 사람은 아무도 없다. 눈을 떠보니 이 세상에 뚝 떨어져 있었다. 그것도 전적으로 무력하게. 키르케고르도 "누구도 울지 않고 이 세상에 올 수는 없다. 아무도 너에게 이 세상에 들어오기를 원하냐고 물어보지 않았고, 언제 떠나고 싶냐고 묻지도 않았다"라고 했다. 사르트르는 한 걸음 더 나아가 인간의 탄생은 자유에 관한 일종의 '스캔들'이라고 말한다. 이 세상에 올 생각 따위 없었는데 처음부터 남에 의해 시작하게 된 인생. 인간의 자유의지를 생각할 때 이건 시작부터 엄청난 스캔들이라는 말이다. 이 철학자들의 말을 종합하면 우리는 멋도 모르고 세상에 내던져진 존재다. 영어로 신생아를 '이 세상에 막 도착한 사람'이라는 뜻으로 'new arrival'이라고 하지만, 이들의 표현으로 하자면 'newly thrown'인 것이다. 도착은 자의에 의한 것이지만 던져지는 행위는 타의에 의한 것이므로.

그렇게 우리는 모두 세상에 내던져진 채 생을 시작한다. 〈The New Arrival〉이라는 영문 제목이 붙은 월터 랭글리의 그림 안에도 새로 내던져진 작은 생명이 보인다. 이미 오래전에 세상에 던져져 한참을 굴렀을 할머니가 찻잔을 들고 식탁에 등을 기댄 채 멀찍이 앉아 있다. 뒷모습에서 인자한 느낌이 풍긴다. 아기를 막 세상에 던져준 엄마인 듯한 이가 아기를 소중히 감싸 안아 한 꼬마에게 보여주고 있다. 조금 일찍 던져진, 아기의 오빠나 형으로 보이는 그 아이는 양손을 허리에 짚은 채 갓 태어난 아기를 내려다본다. 왔어? 잘 굴러보자.

월터 랭글리Walter Langley, <탄생The New Arrival>, 연도 미상

낡고 허름한 집 분위기로 보아 아기가 던져진 곳이 그렇게 꽃밭은 아닌 것 같다. 월터 랭글리는 19세기 영국에서 산업화가 진행되던 시대에 비인간적 환경에서 허덕이던 노동자들을 화폭에 담았던 사실주의 화가다. 특히 뉴린Newlyn이라는 바닷가 마을에 정착해서 변덕스러운 바다와 싸우는 어민들의 고단한 삶을 캔버스에 담았다. 작품마다 어민들의 근심이 안개처럼 끼어 있고 눈물이 축축하지만, 그 안에는 은은한 삶의 의지가 비릿하게 빛난다.

이 그림은 랭글리의 작품 중에서는 비교적 평온하고 따스한 분위기를 풍긴다. 비록 꽃밭에서 뒹굴지는 못할 듯하지만, 갓 세상에 온 아기는 아마도 이 집에서 가장 따뜻할 것으로 추정되는 요리용 화덕 앞에, 세상에서 가장 포근한 엄마 품에 안겨 있다. 세간살이는 얼마 없지만 깔끔히 정돈되어 있고, 아이도 비록 흙바닥에 맨발이지만 사랑받고 큰 듯한 모습이다. 무엇보다 미소를 띠며 다정하게 몸을 기울인 엄마의 각도, 그 각도 자체가 사랑이다. 예각이란 이토록 다정한 각도임을 깨닫는다. 그림 속 인물 모두 그리 평탄한 삶이 아니더라도, 내던져진 곳이 추운 자갈밭이더라도, 서로 의지하며 따뜻하게 살아가기를 바라는 축복의 마음이 번진다.

우리는 어쩔 수 없이 내던져지게 되지만 그림 속 아기처럼 천에 싸여 화덕 가까이 놓일 수 있다. 무력하게 내던져지는 삶이지만, 던져지는 누군가를 받아 품어주는 또다른 누군가가 있다는 사실이 우리에게 위안이 된다. 마찬가지로 유치원 밖으로 내던져지는 아이들 밑에는 두툼한 매트리스가 깔린다는 점에 우리는 안심한다. 던져지는 아이들에게 환호와 응원이 없힌다는 것도 따스한 일이다. 마을에 따라서는 초등학교에 입학한 어린이들이 길에서 행진을 하기도 한다. 자동차는 멈춰주고, 마을 사람들은 환호와 박수를 보내 응원하고, 거리에는 축하의 마음을 담은 플래카드가 걸린다. '슐킨트(Schulkind, 학교에 다니는 학생)'라는 단어는 아이들이 무척 자랑스러워하는, 가슴팍에서 빛나는 배지 같은 말이다. 이렇게 먼저 던져진 이들이 뒤늦게 던져진 이들에게 응원을 보내고 그들이 갈 길을 살피기에 던져진 이들은 힘을 낸다.

우리는 내던져지는 존재지만, 타인을 어딘가로 던져줄 수 있는 존재이기도 하다. 중요하게는 나 자신도 어디론가 던질 수 있다. 이것이 하이데거가 말하는, 피투성과 더불어 등장하는 '기투성企投性, Entwurf'이다. 특정한 방향으로 스스로를 던지고 데굴데굴 굴러감으로써 새롭게 변화된 상황을 만들 수 있는 것이다. 또한 자갈밭에서 구르는 타인을 그보다는 조금 나은 모래밭으로 던져줄 수도 있다. 피투성은 필연이고 수동이지만, 기투성은 가능성이고 능동이다. 비록 이 세상으로 오는 일에는 아무도 나의 자유의지를 신경 써주지 않았지만, 일단 던져져서 어느 정도 크고 나면 그때부터 구르는 방향이며 속도는 내 몫이다. 옆에서 구르는 다른 이들과 어떻게 부딪칠지 판단하는 일도.

유치원에서는 아이들이 더 큰 곳으로 나가는 길목마다 매트리스를 두툼히 깔아두었다. 크리페에서 킨더가르텐으로, 즉 유아반에서 유치반으로 올라갈 때는 아이들이 상급반에서 놀며 익숙해질 시간을 따로 시간표에 포함시켜 두었다. 다음 학기에 빨강반에서 파랑반으로 올라가는 친구들은 한 달 정도 여유를 두고 하루에 한 시간씩 파랑반에서 놀면서 미리 친구도 사귀고 교실 분위기에도 적응했다. 초등학교에 가는 아이들을 위해서는 포어슐레라는 학교 예비반 제도가 있었다. 다음 학년도 입학 예정인 아이들이 일주일에 한 번씩 실제로 자기가 다닐 학교에서 한 시간 정도 수업을 받으면서, 한 학기 동안

학교에서 미리 조그맣게 데굴데굴 굴러보았다. 내 아이들은 그렇게 미리 친구도 사귀고 선생님들도 만나고, 학교 건물 구조를 충분히 파악하고 나서 조금은 편안한 마음으로 초등학교에 들어갔다.

독일에는 고등학생들이 사회에 나가기 전에 관심 분야에서 직접 일해보는 인턴십 프로그램도 제도화되어 있다. 사회적으로 남성들의 일로 여겨지는 분야에 여성 청소년들이 들어가 보는 날도 따로 있다고 한다. 그렇게 아이들이 이리저리 굴러볼 수 있는 포근한 버퍼 존(buffer zone, 완충 지대)을 마련하고 미리 경험의 기회를 준다는 사실이 위로가 된다. 고심해서 그런 매트리스를 깔아주는 것은 우리 어른들이다. 엄마 아빠나 그에 준하는 가까운 어른의 품이 제일 따뜻하고 푹신하겠지만, 사회의 품도 그만큼 든든하고 단단하게 아이들을 안아주어야 한다.

"대학만 가면 다 돼."

청소년기의 나에게 대학이라는 곳은 요술 램프 같은 것이었다. 대학만 가면 연인도 생기고, 살도 빠지고, 뭐든지 할 수 있다고 했다. 마치 듀오와 피트니스 센터와 사이비 종교가 삼위일체로 합쳐진 신령한 공간 같았다. 막상 가보니 딱히 그렇진 않았다. 나의 부모님 세대에서는 대학 졸업장이 그런 능력을 가졌을지 모른다고, 지금에서야 어른들 말 뒤에 놓인 것들을 헤아려본다. 하지만 우리가 구를 세상은 부모님이 구르던 세상과는 많이 달랐다. 그럴듯한 간판만 따면 다 해결되는 곳이 아니었을뿐더러, 그놈의 간판을 따느라 우리는 세상에서 구를 능력과 맷집을 제대로 갖추지 못했다. 그렇게 공부 말고는 할 줄 아는 게 별로 없는 상태로, 생존의 방법에 관해서는 제대로 배운 게 없는 상태로 성인이 되었다. 어른들은 대학만 가면 된다고 우리의 멱살을 잡아끌다가, 대학 합격증을 보는 순간 인자하게 웃으며 모든 것을 확 놓아버렸다. 실은 거기서부터 새로 시작이었는데. 그리고 사실 모두가 대학을 가야 하는 것도 아니었는데.

이소離巢라는 단어가 있다. 어린 새가 자라서 둥지를 떠나는 걸 말한다. 뜻을 알게 된 순간 이 단어는 내 마음속에 둥지를 틀었다. 까치집 같은 아이들 머리통을 보며 자주 그 단어를 떠올린다. 아름답고 슬픈 단어다. 미소라는 단어와 비슷한 느낌이라 어쩔 수 없이 작은 미소를 짓게 된다. 나중에 우리가 따로 살게 될 거라고 말하면 첫째는 나라 잃은 표정으로 눈동자에 원망을 가득 담아 슬프게 엄마를 쳐다보고, 둘째는 눈을 동그랗게 뜨고서 자기 엄마랑 결혼할 거라고 말한다. 지금은 프라이팬에 눌어붙은 인절미처럼 나에게 들러붙어 있지만, 아이들은 어쨌거나 타인이다. 그러므로 우리는 손을 놓고, 멀리 던져주어야 한다. 이 작은 인간들은 유치원 밖으로 던져졌듯이 결국은 집 밖으로도 던져져야 한다.

진정한 독립은 그럴듯한 간판의 여부에 있는 것이 아니라 그에 걸맞은 능력과 태도의 여부에 있다고 믿는다. 음식을 해 먹고 옷을 빨아 입고 청소를 하고 필요한 돈을 벌어 살림을 꾸릴 수 있는 능력, 그리고 세상에서 구르는 것을 크게 두려워하지 않는 태도. 하지만 나의 믿음도 우리 부모님 세대의 믿음처럼, 내 아이들이 구를 세상과는 거리가 있을지 모른다. 그래도 여전히 아이가 구를 곳에 최선을 다해 매트리스를 깔아보기로 한다. 나중에는 매트리스 없이도 구를 수 있는 맷집이 생기도록. 그리고 그렇게 누군가 나를 위해 깔아준 매트리스를 툭툭 털어 또 다른 이를 위해 깔아줄 수 있도록.

이소와 더불어 알게 된 포란抱卵이라는 단어가 있다. 어미 새가 알을 품어 따뜻하게 하는 것을 말한다. 내 한 몸 구르기도 벅차지만, 우리는 구르던 몸을 일으켜 작고 여린 존재들을 품어주어야 한다. 무력하게 던져진 존재에게는 누군가의 도움이 절실하므로. 포란의 비밀은, 안고 있으면 나 자신도 따뜻하게 데워지며 힘을 얻는다는 것이다. 그렇게 지구는 환경에 무해한 방식으로 온난해진다.

내던져진 존재들은 오늘도 열심히 구른다. 사실은 지금 여기 존재한다는 사실만으로 이미 당신은 충분히 박수를 받을 만하다. 영문도 모르고 내던져진 채, 여기까지 굴러온 그 힘에 박수를.

i

내면의 N N

E R E

R

돼지개들

S C H

W E i

N E H

U N

D

내 속에는 '애'와 '개'가 있다는 이윤주 작가의 고백을 좋아한다.•• '내 안의 개'가 이번 글의 주제다. 개라는 동물이 우리말에 공헌하는 바를 다룬 논문이 있어야 한다고 생각할 만큼 (있지 않을까?) 우리말 단어나 표현, 속담에는 개가 자주 등장한다. 굉장히 충직한데도 이유 없이 괄시를 받는 안쓰러운 동물. 문헌을 보면 삼국시대부터 욕으로 쓰였다고 하는데, 지금도 개의 후손들은 세계 각국에서 욕의 대명사로 사용된다. 인간들은 수더분한 개보다까다로운 고양이를 숭상하며 쓸데없는 것을 개에게 줘버리라고 서로에게 권하는 습성이 있다. 그따위 것 개나 줘버려!

개는 억울하다. 사실 이들은 똥도 마다하지 않는 편견

• innerer Schweinehund는 관사가 붙은 표현인 der innere Schweinehund를 간결하게 바꾼 형태이며, 본문에서는 기본형인 이네레 슈바이네훈트innere Schweinehund를 썼음을 밝힌다.

•• 이윤주, 『어떻게 쓰지 않을 수 있겠어요』에서.

없는 식성을 가졌으며 (가끔 밥에 도토리를 토핑 하기도 한다) 먹을 때는 누구의 방해도 받지 않고 고독을 즐기는 낭만을 지녔다. 닭을 스토킹 하는 습성이 있는 것 같지만 서당에서 삼 년만 지내면 풍월을 읊는 우수한 두뇌의 소유자이기도 하다. 태어나 한 살 되었을 때* 가장 용맹한 것으로 사료되며, 팔자 중에서는 이분의 팔자를 으뜸으로 친다. 관련된 표현을 보면 볼수록 재미있고 친근한 녀석들이다.

2010년대에 들어와서 '개-'라는 접두사가 유행하기 시작했다. 원래 '개고생'이나 '개잡놈'같이 '정도가 심한'이라는 의미의 접두사 '개-'가 있기는 했지만 일부 명사에 붙어서 부정적으로 쓰이는 말이었다. 그런데 우리의 개들은 강인한 생명력으로 살아남아, 비속어의 영역이긴 하지만 이제는 긍정적 의미도 제법 갖게 되었다. 개이득, 개신기, 개좋아, 개예뻐. 현재 우리 사회에서 쓰이는 '개-'는 2000년대를 풍미한 속어 '킹왕짱'으로부터 왕위를 물려받은 '강조'의 의미에 가깝다. 원래는 명사에만 붙

---

* '하룻'은 짐승의 한 살을 의미하는 '하릅'에서 유래했기 때문에 하룻강아지는 태어난 지 하루가 된 강아지가 아니라 한 살 된 강아지를 뜻하는 말이다.

었지만 이제는 명사, 동사, 형용사, 부사 등 품사를 가리지 않고 꽉 물고서 놓지 않는다.

독일어에도 개가 들어가는 표현이 제법 있는데, 우리 말에서처럼 '정도가 심한'을 의미하는 개들이 여기에도 있다. 대표적으로 '개피곤'과 '개더워'가 독일어 표현에도 동일하게 존재한다. 개의 복수형 훈데Hunde에 피곤하다는 뜻의 형용사 뮈데müde가 합쳐져 몹시 피곤하다는 뜻의 형용사 '훈데뮈데hundemüde'가 생겼고, '훈데히체Hundehitze'는 개 같은 더위, 즉 무더위를 뜻한다. 한편 독일에서는 개보다 닭이 웃음을 담당하는데, "지나가던 개가 웃겠다!"라는 말은 독일에서는 "Da lachen ja die Hühner!(그건 닭들도 웃겠다!)"라고 한다. 우리의 멍멍이들이 피식 웃을 것 같다면 독일 닭들은 요란하게 깔깔깔 웃어젖힐 것 같은 느낌. 어느 쪽이 더 열받을지는 당해봐야 알 것 같다.

재미있으니까 조금 더 옆길로 새자면, 독일어에는 우리가 생각하는 이미지 그대로의 동물이 들어간 형용사가 많다. 꿀벌처럼 부지런한bienenfleißig, 까마귀처럼 검은rabenschwarz, 양처럼 순한lammfromm, 곰처럼 튼튼한bärenstark 등 한국인에게 익숙한 표현들이 형용사 하나에 쏙 들어가 있다. "돼지처럼 먹지 마!Iss nicht wie ein Schwein!", "여기는 꼭 돼지우리 같구나!Hier sieht's ja aus wie im Schweinestall!"라는 표현을 똑같이 쓰면서도 돼지가 복을 부르는 행운의 상징인 것도 비슷하다. 돼지는 글뤽스브링어Glücksbringer라고 해서 네잎클로버, 말 편자, 굴뚝 청소부, 무당벌레와 함께 독일의 대표적인 행운의 상징이고,* 사람들은 "운이 좋았구나!"라고 할 때 "Du hast Schwein gehabt!You had a pig!"라고 말한다. 동물과 관련해서 내가 특히 감탄하는 독일어 표현은 목이 쉬거나 잠겼을 때 쓰는 "목에 개구리가 들었다einen Frosch im Hals haben"는 표현. 이전에도 그냥 개인적으로 '목에 두꺼비 한 마리가 든 것 같다'는 말을 자주 썼던 나는, 이 표현을 듣고 반가움에 엄지를 척 들어 올렸다.

자, 이제 우리들 내면의 개에 관해 이야기할 차례가 되

---

* 네잎클로버 외에는 생소할 수도 있어 설명을 덧붙인다.
1) 말 편자: 뚫린 곳을 아래로 걸면 그리로 액운이 빠져나가고, 뚫린 곳을 위로 걸면 그리로 복이 모인다고 믿는다. 2) 굴뚝 청소부: 예전에는 굴뚝이 막히면 음식을 준비할 수 없고 집이 추워졌다. 주로 나무로 집을 지었기에 화재에 취약했으므로 제때 굴뚝을 청소해 화재를 방지하는 것도 무척 중요했다. 굴뚝 청소부가 다녀가면 이 모든 근심거리가 해결되어 집에 웃음꽃이 피었으므로 행복을 가져다주는 사람이 되었다고 한다. 3) 무당벌레: 진딧물을 잡아먹는 대표적인 익충. 농사에 큰 도움을 주기 때문에 '성모 마리아의 선물'이라는 뜻에서 영어로도 ladybug라고 부른다. 독일 사람들은 무당벌레가 몸에 붙거나 손에 앉으면 행운이 올 거라고 믿어 떨쳐내지 않는다.

었다. '이네레 슈바이네훈트innere Schweinehund'는 우리말로 '내 안의 돼지개', 영어로 옮기자면 inner pig dog 정도로 표현할 수 있는 말이다. 우리는 '개돼지'라고 하는데 독일은 소시지가 유명한 돼지의 나라라 그런지 돼지가 앞에 온다. '돼지개'다. 우리의 개돼지는 슬프게도 일부 고위 관료나 정치인들이 국민들을 바라보며 떠올리는 단어로서 보통은 입에 담아서는 안 될 말이지만, 독일의 돼지개는 '내면의 약한 자아'를 뜻하는 말로 평소에 친근하게 자주 등장하는 녀석이다. 즉, 우리의 개돼지가 비하하는 말이라면 독일의 돼지개는 자기 합리화에 관련된 일상적 표현이다.

앞서 이윤주 작가의 '내 안의 개'를 잠시 언급했는데, 같은 '내 안의 개'지만 이 개들은 짖는 방향이 좀 다르다. 이윤주 작가의 개는 '관계'에 오줌을 갈기고 돌아다니는 녀석이다. 내 안에서 불쑥 솟아나 미친 듯이 짖으며 주변의 소중한 이들을 물고 다니는 작은 괴물. 왜 내 마음을 몰라주냐며 행패를 부리고, 결국은 상대를 아프게 물어버리는 '개 같은 행태'를 말한다. 반면 내가 안고 온 독일 개는 '삶의 태도'와 관련된 녀석으로, 부지런함, 성실성, 계획, 얼리버드 같은 단어 위에 똥을 싸놓고 저만치 드러

눕는다. 얘는 짖지 않고 속삭이는 편인데, 달콤하게 속삭이는 '내 안의 악마'에 가깝다. 두 마리의 개가 결국 만나는 지점이 있겠지만 일단은 좀 달라 보인다.

이네레 슈바이네훈트는 이런 놈이다. 아침 6시에 일어나 조깅을 하기로 마음먹었는데, 이네레 슈바이네훈트가 속삭이는 거다. "괜찮아, 좀 더 누워 있어. 이렇게 편하고 포근한데 왜 나가? 게다가 이불 밖은 위험해." 그 내면의 소리에 설득되어 10시까지 푹 자고 일어나서 우리는 핑계를 댄다. "아, 이건 내가 그런 게 아니라 이네레 슈바이네훈트가 한 거야." 이네레 슈바이네훈트는 '극복하다'라는 뜻의 위버빈덴überwinden이라는 동사와 함께 쓰이는 경우가 많다. 이름하여 내면의 돼지개 극복법. 이를 다루는 프로그램이나 책도 많다.

원래 슈바이네훈트는 19세기엔 타인을 모욕하는 말이었다고 한다. 그때에는 우리말의 개돼지와 비슷한 뜻이었던 것 같다. 이후 독일의 정치 무대에도 중요하게 등장한 적이 있는데, 1932년 독일 사민당 소속 정치인 쿠르트 슈마허가 우리에게 흔히 나치로 알려진 국가사회주의자들을 비판하면서 이 말을 사용했다. 나치 세력이 사람들의 이네레 슈바이네훈트에 어필했다는 것인데, 슈마허는

"독일 정치 사상 처음으로 인간의 어리석음을 완벽하게 동원하는 데 성공했다"라며 국가사회주의자들을 비판했다. 군인들이 가져야 할 미덕과 관련해서 종종 라디오 연설에도 등장했던 이네레 슈바이네훈트는 2차 세계대전 이후로는 게으름, 규율 부족 같은 의미로 인상이 굳어졌고, 헬스 트레이너나 체육 선생님들의 단골 메뉴로 사용되어 오늘날에 이르고 있다. (아니 회원님, 지금 이 시간에 뭘 드셨다고요?)

그렇게 이네레 슈바이네훈트는 게으름, 핑계, 타락 등과 동의어가 되었다. 어느 모로 봐도 그다지 좋은 말들은 아니다. 그런데 나는 내 안의 돼지개를 쫓아내거나 극복의 대상으로 바라보고 싶지만은 않다. 내 안의 돼지개뿐 아니라 네 안의 돼지개도 마찬가지다. 가끔은 그 녀석에게 먹이도 주고, 얘기도 느긋하게 들어주고 싶은 것이다. 왜 그렇게 눕고 싶은지, 왜 자꾸 눈을 감고 싶은지.

애초에 타락이라는 말을 그다지 싫어하는 편은 아니었지만, 타락이라는 단어를 다시 보게 된 것은 알렉상드르 카바넬의 〈타락 천사〉라는 그림 속 눈빛을 보고 나서다. 타락의 눈빛은 늘 초점을 잃은 채 흐리멍덩한 것이 아

알렉상드르 카바넬Alexandre Cabanel, <타락 천사The Fallen Angel>, 1847

니라 저렇게 심장을 꿰뚫을 만큼 강렬할 수도 있는 것이었다. 저런 타락이라면 쫓아내기보다 이야기를 들어주고 싶다. 이제니 시인은 "거짓말하는 사람은 꽃을 숨기고 있는 사람"이라고 했다.• 비슷하게, 누워 있는 사람은 지금 축축한 무언가를 널어 말리고 있는 사람인지도 모른다. 무력해 보이지만 오히려 힘을 내고 있는 것일 수도 있지 않을까. 그냥 눈을 감은 것이 아니라 생각의 눈을 감고 있는 것일지도. 흥청망청 술을 마시는 것처럼 보이지만 삶의 쓴맛을 견디는 중인지도 모르고, 줄담배를 피우는 것이 아니라 끊임없이 자기 한숨의 모양을 보고 있는 것인지도 모른다. 그러니 함부로 이네레 슈바이네훈트의 목줄을 잡아당길 수가 없는 것이다.

18세기 독일 철학자 이마누엘 칸트는 그가 산책하는 모습을 보고 동네 사람들이 시간을 가늠했을 만큼 규칙적인 삶을 살았다고 한다. 진정한 자유의 의미를 인간의 주체성과 자기 규율이라는 맥락에서 찾는 칸트는 분명 감탄스러운 인물이다. 사실 우리의 돼지개 논의와 비슷

• 이제니, 「왜냐하면 우리는 우리를 모르고」, 『왜냐하면 우리는 우리를 모르고』, 문학과지성사, 2019.

한 맥락에서, 칸트는『도덕 형이상학The Metaphysics of Morals』에 "스스로 벌레같이 산다면, 짓밟힐 때 불평을 해서는 안 된다"는 말을 남기기도 했다. 하지만 나는 칸트의 벌레 이야기보다는 "인간이란 원래 사방에서 자기를 잡아당기는 듯한 힘에 갈피를 못 잡는 존재이자, 내 행동을 내 힘으로 통제 못 해 의아해하는 존재이기도 하다"라는 조너선 하이트의 말에 깊이 공감하며, "모든 철학자는 서로 '천천히 하세요!Laß Dir Zeit!'라는 말로 인사를 건네야 한다"고 한 루트비히 비트겐슈타인 발치에서 꼬리를 흔들고 싶다.

누가 나에게 어쩜 그렇게 부지런하냐 물으면 나는 어쩜 그렇게 턱없는 질문을 하느냐고 되묻는다. 나는 틈만 나면 누울 자리를 찾는 인간이며, 누워서 멍 때리고 있을 때 무척 행복하다. 솔직히 말하자면 게으르기 위해 성실한 부류의 사람이랄까. 속도가 나를 잡아먹는 것을 극도로 싫어하기 때문에 언제든 게으름을 피울 수 있도록 평소에 느릿느릿 일을 조금씩 해두는 변태적 인간이다. 분초를 아껴가며 바쁘게 사는 사람들을 존경하지만, 그렇게 살라고 다그치고 등을 떠미는 목소리는 몹시 싫어한다.

딴청은 우리가 살아가는 데 굉장히 중요한 기술이다.

나는 영민한 사람의 생존법은 가끔 피우는 딴청에 있다고 생각한다. 눈앞의 현실에서 도망치고 싶을 때, 가끔 이네레 슈바이네훈트와 산책하며 딴청을 피우다 보면 이 개돼지 같은 현실로 다시 돌아올 수 있는 힘이 조금은 생긴다. 게다가 그 산책길에서 주워 온 것들이 제법 도움이 되기도 한다. 사람이 계획대로만 가다 보면 영감을 잃기 쉽고, 당위에 떠밀리다 보면 오히려 목표가 흐려지기 때문이다. 더구나 쓸데없는 일은 그 자체로 손쉽게 얻을 수 없는 가치를 갖기도 한다. 사람이 살다 보면 쓸데없는 일을 하며 무수히 쌓아온 시간이 갑자기 쓸모 있어지는 순간이 오기도 하는데, 그렇게 어마어마하게 쌓인 시간과 경험은 절대로 바지런히 계획이나 목표를 세워 얻을 수 있는 것이 아니기 때문이다. 쓸데가 있고 없고를 미리 내다볼 수 있는 혜안은 대부분의 우리에게 공평히 없으므로.

설령 그런 혜안이 있다 해도, 최단 거리로 움직이며 낭비 없는 시간만 보내고 있으면 그 사람은 단단해지는 것이 아니라 기형적으로 가늘어진다. 특히 사랑이나 배려 같은 필수 영양소를 제대로 섭취하지 못하는 부실한 삶은 게으름이라도 섭취해야 힘이 생기는 법이고, 우리의 상냥함은 탄수화물과 고지방에서 나올 때가 많다. 콘크리트 건물이 진동과 충격을 견디는 힘은 그 안에 실핏줄처럼 그어진 틈에 있다고 한다. 헐거움이란 것은 그렇게 우리를 살게 한다. 틈이 없다면 애초에 음악도 언어도 존재하지 않을 것이다. 틈이나 사이 없이 꽉 들어찬 음이며 말들은, 음악도 말도 아닌 그 어떤 것이 되어 아마 우리를 미치게 할 것이다.

　나는 우리가 뭘 자꾸 극복하지 않아도 된다고 생각한다. (혼신의 힘을 다하지 않고서도 유려하게 담을 넘는 구렁이가 내 롤모델이다.) 인생은 생각보다 긴 싸움이기 때문에 모두들 무리하지 않았으면 좋겠다. 그러니까 목이 늘어난 면 티셔츠 같은 하루를 보냈을 때 죄책감을 가지지 않았으면 좋겠다는 말이다. 자기와의 싸움에서는 좀 져도 된다고 생각하는데, 어차피 나와의 싸움에서 나는 언제나 이기게 되어 있기 때문이다. 어떤 내가 이기느냐의 문제지, 둘 다 나니까. 그러니 한쪽의 내 목소리를 너무 죽이며 살지 않아도 괜찮다고 믿는다. 대신 조금 게으르더라도 꾸준한 삶을 살면 좋을 것 같다. 우리가 다정하게 단호할 수 있듯이, 게으름과 꾸준함은 함께 갈 수 있다.

　수지청즉무어水至淸則無魚, 너무 맑은 물에는 물고기가

살지 않는다는 옛말이 있다. 사실 맑은 물은 아름답다. 누구나 그 물에 몸을 담그고 싶을 것이다. 하지만 인간이 몸을 담그는 순간 물은 더러워지게 마련이라는 사실이 재미있다고 생각한다. 우리 삶이 늘 맑은 물일 수는 없다. 사실 어느 정도의 더러움을 허용해 주는 너그러움이 더 많은 생명을 보듬는다. 그런 의미에서 나는 내 안의 더러운 돼지개가 느긋하게 기지개를 켤 공간 정도는 주고 싶다. 그 녀석은 의외로 뭔가 새로운 것을 발견하게 해주는 탐지견이 되어줄지도 모른다. 중요하게는, 그렇게 해주지 않으면 그 녀석은 이윤주 작가가 말한 의미의 개로 돌변하여 주위 사람들을 물고 다닐지도 모른다. 이네레 슈바이네훈트와 함께하는 독일 사람들, 규칙에 민감하고 온갖 것에 걱정이 많으며 시간 엄수에 철저한 저 융통성 없는 독일인들이 틈만 나면 내면의 개가 목을 축일 수 있게 맥주를 콸콸 부어주는 것은 그 때문인지도 모르겠다.

하고

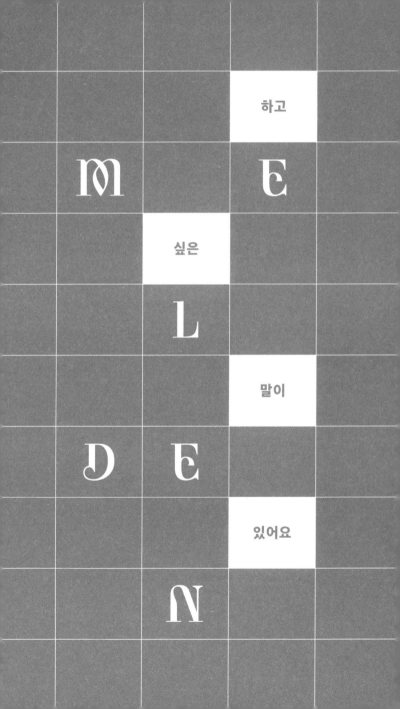

M E

싶은

L

말이

D E

있어요

N

어느 사회든 그 안에서 특별히 중요성을 가지거나 자주 쓰이는 말들이 있다. 이를테면 우리나라의 '빨리빨리' 같은 말. 독일을 대표하는 단어라면 이런 게 아닐까 생각하게 된 것이 몇 개 있는데, 그중 하나가 멜덴melden이다. 특히 독일 교육을 대표하는 단어라면 나는 멜덴을 꼽고 싶다. 이 단어와 함께 떠오르는 이미지는 한쪽 팔을 위로 뻗어 검지 손가락을 높이 드는 동작이다. 멜덴은 '알리다, 보고하다, 신청하다'라는 뜻의 동사인데, 수업 중에 학생이 뭔가 말하고 싶을 때 검지 손가락을 높이 드는 행위도 멜덴이라고 한다.* 처음에 나는 이 멜덴의 뜻을 잘 이해하지 못했다. 이 글에서는 그저 질문이나 발표의 의미인 줄만 알았던 멜덴의 뜻을 좀 더 깊이 알게 되면서 독일 사회를 조금 더 이해한 경험을 나눠보려고 한다.

독일에 와서 아이를 유치원에 보내게 되었는데, 독일

---

* 정확하게는 'sich melden'으로 쓰지만 글에서는 편의상 재귀대명사 sich를 생략한다.

어라고는 '이히(ich, 나)'도 모르는 세 살짜리를 집 밖에 내놓으려니 걱정이 컸다. 심지어 아이는 이전에 어린이집이나 유치원에 다녀본 경험이 없었다. 말이 정말 하나도 안 통할 텐데 괜찮을까? 다행히도 아이는 주눅 들지 않고 너희들의 말이나 규칙 따위는 모르겠다는 태도로 유치원 뜰에서 용맹하게 뛰어다녔다. 면담 시간에 만난 선생님도 아이가 제법 잘 적응하는 것을 대견해했는데 단 한 가지, 멜덴을 잘 못한다고 했다.

'멜덴이 뭐지?' 들어본 적 없는 단어였다. 그게 뭐냐고 물었더니 선생님은 앞서 언급한 제스처를 선보였다. 하고 싶은 게 있으면 손을 들고 말해야 하는데, 허락을 구하지 않고 마음대로 한다는 얘기 같았다. 아이고 이런 자유로운 영혼 같으니라고. 독일어를 잘 못하기 때문에 '저는 제가 알아서 할게요'라는 식의 태도가 나왔겠거니 싶었지만, 그래도 독일 사회의 멜덴은 너무나 중요한 것이어서 반드시 가르쳐야 했다. 함께 생활하는 사람들 사이의 규칙. "제가 이걸 해도 되나요?" 하고 양해를 구하는 것. 다 함께 모여 책을 읽는 시간에 화장실을 가도 좋은지, 자유 시간에 유치원 뜰에 나가 놀아도 좋은지, 미술 도구를 꺼내 그림을 그려도 좋은지, 물어보고 허락을 받아야 했다. 말 못 하는 아기 때부터 어린이집에 다니기 시작한 둘째는 멜덴이 너무 생활화된 나머지, 집에서 화장실 가고 싶을 때도 손을 들고 엄마한테 화장실 가도 되냐고 묻곤 했다.

첫째가 커서 초등학교에 입학하자 멜덴은 더욱 중요해졌다. 멜덴을 빼놓고 독일의 교실을 이야기할 수 있을까? 내가 이 단어의 참뜻을 알게 된 것도 아이가 입학한 후 시간이 좀 쌓인 뒤였는데, 멜덴은 단순히 허락을 구하는 의사 표시만은 아니었다. 단어의 의미를 보다 잘 전하기 위해, 아이들이 독일 초등학교에 들어가면 무엇을 배우는지에 관한 이야기부터 같이 시작해 보자.

학교에 입학하면 아이들은 선을 긋고 숫자와 알파벳 쓰는 법을 배운다. 숫자는 한 학기 안에 끝나지만 알파벳은 1년 내내 배운다. 천천히 하나하나, 1년 동안 26개의 알파벳을 모두 배우면 학년 말 파티를 겸해 가족들을 초청해 작은 축제를 연다. 알파벳을 1년 내내 배우다니, 스피드의 나라 한국에서 온 학부모로서는 (내가 조선의 학부모다!) 복장이 터질 일이다. 하지만 복근에 힘을 주고 참아야 한다. 한국에서는 아이들이 대부분 한글을 떼고 초등학교에 입학한다지만 이곳에서 선행 학습은 엄격히 금지된다. 멜덴도 공동생활의 기초가 되는 것이지만, 선행 학습을 하지 않는 것도 공동생활의 기초를 만드는 일이다. 미리 배워 와서 앉아 있는 것은 선생님이 할 일을 부모가 하는 것이라 여겨 교사의 권위에 대한 심각한 도전으로 생각할뿐더러, 아이들이 수업 시간을 지루하게 여기고 친구들을 무시하게 될 수도 있기 때문이다. 선행 학습은 선생님과 아이들의 수업권을 파괴하는 일이자 수업 환경 그 자체를 파괴하는 일이다. 공동생활의 기초는 '나만 앞세우지 않는 것'이다.

참고로 아이들은 1학년 내내 글을 잘 못 쓰기 때문에 알림장을 대체로 그림으로 그려 온다. 덕분에 그림문자를 해석하느라 당황했던 수많은 시간들이여. 아래 맨 왼쪽 숙제는 도대체 무엇일까요.

안경을 벗고 춤춰보아요?

사과 폭탄을 던져보아요(이봉창 의사님…)?

브라 해방 운동에 관해 알아보아요?

아니 그래서 숙제가 뭐라고?

가운데 사진이 일반적으로 약속된 숙제의 모습이다. M이 수학Mathe, D가 독일어Deutsch고, 공책에는 각각 다른 색깔의 커버를 씌우기 때문에 색깔로 그 안에 붙은 숙제를 확인할 수 있다. 예를 들어 10월 21일의 숙제를 보면 (다시 말하지만 날짜가 달보다 먼저 나옵니다) 수학은 파란 공책에 숙제가 붙어 있으니 그걸 하면 되고, 독일어는 노란 공책에 숙제가 붙어 있는데 가위표 친 부분 세 군데만 하면 된다는 말. 안경은 읽기 숙제, 네모는 선생님이 나눠준 낱

장 숙제가 있다는 말이다. 폭죽 같기도 하고 로켓 같기도 한 그림은 색연필을 잘 깎아 오라는 숙제. 맨 오른쪽 사진은 학교에서 크리스마스 파티를 할 예정이므로 집에서 접시(눈알이 아니라 접시입니다), 컵, 쿠키, 그리고 사용한 접시와 컵을 담아 갈 가방을 가져오라는 내용이었다. 뒤늦게 풀어낸 11월 17일 숙제는? 읽기 숙제(안경)를 하고 밖에서 신나게 놀라는 거였다. 나는 머리를 싸매고 저 졸라맨의 비밀을 푸느라 신나게 놀지 못했다.

이렇게 1년이 지나도록 올바른 문장을 쓸 것을 기대하지 않지만, 아이들은 이 시기에 매우 중요한 것들을 배운다. 일단은 냅다 안전부터 강조한다. 사회·자연에 해당하는 HSU 과목에서 첫 학기 동안 뭘 배우나 봤더니 가장 먼저 안전하게 찻길 건너는 법과 안전하게 버스에 타고 내리는 법을 배웠고,• 천둥 번개가 치면 도망가는 법(…이

• 학기 초에 교통 안전 담당 공무원이 학교에 와서 수업을 진행하는데, 실제로 아이들이 타야 하는 버스의 운전기사가 버스를 몰고 함께 온다. (진짜 버스가 등장할 줄은!) 갓 입학한 아이들에게 학교 앞 어느 장소에서 줄을 서고 기다려야 하는지에서부터 버스에 안전하게 타고 내리는 법, 버스에서 지켜야 하는 공중도덕 등을 차근차근 교육해 준다. 독일 아이들은 부모 없이 스스로 통학하는 경우가 많은데, 가까운 거리는 걸어 다니거나 킥보드·자전거를 이용하고 먼 거리는 일반 버스를 이용한다. 일반 버스들이 아침 시간에는 스쿨버스 전광판을 달고 운행한다.

라고 나에게 말했다)을 배운 뒤, 다음으로는 집 전화번호와 주요 신고 번호, 그리고 집 주소를 공부했다. 가족이라는 테마를 배우면서 자기가 할 수 있는 집안일을 배우고, 마지막으로 몸을 깨끗이 하는 법과 이를 건강하게 관리하는 법을 배웠다.

이와 더불어 독일 초등학교에 갓 입학한 아이들이 중요하게 배우는 것은 자세다. 손에 힘을 주어 연필을 꼭 잡는 법을 연습하고, 45분 동안 책상에 앉아 선생님 말씀을 듣는 태도를 배우고, 수업 시간에 남의 말을 잘 듣고 자신의 의견을 말하는 올바른 자세를 배운다. 바로 여기서 멜덴이 중요하게 등장하는데, 유치원에서 강조했던 멜덴과는 살짝 결이 달라진다. 아직 의사 표현이 서툰 아이들에게 멜덴은 허락의 의미가 강하다면, 아이가 커가면서 멜덴은 공동생활에서 지켜야 할 규칙으로서의 의미가 더 강해진다.

멜덴은 발표에 관한 규칙이다. 하지만 멜덴을 잘한다는 것은 발표를 똑 부러지게 잘한다는 의미가 아니다. 한국 교실에서 발표를 잘한다는 것은 아이가 자신감 있고 똘똘하게 수업 시간에 적극적으로 참여한다는 말이지만,

독일 교실에서 멜덴을 잘한다는 것은 자신의 의견을 말할 때 남을 배려하고 규칙을 잘 지킨다는 말이다. 답을 안다고 해서 내가 불쑥 말해버리거나 다른 친구의 말에 끼어들지 않고, 손을 들고 조용히 차례를 기다릴 줄 아는 것. 선생님은 손을 든 아이들이 골고루 의견을 말할 수 있도록 공평하게 기회를 준다.

처음에 멜덴의 뜻을 제대로 이해하지 못했던 나는 아이가 학교에 다녀오면 발표를 많이 했는지, 어떤 시간에 어떤 발표를 했는지 궁금해했다. 발표를 하고 왔다고 말하는 날에는 칭찬해 주고, 독일어가 서툴러서 올바른 문장을 말하는 것을 어려워하는 아이에게 자신감을 북돋아 주려고 했다. 발표를 개인의 퍼포먼스와 자신감 차원에서만 이해했기 때문이다. 하지만 시간이 지나면서 독일 초등학교 교실에서 발표는 퍼포먼스가 아니라 규칙이고, 자신감이 아니라 미덕임을 깨달으면서 멜덴이라는 단어 안에 든 독일 교육의 중심 가치를 조금씩 이해하게 되었다. 발표는 한 개인의 의사 표현에 관계된 것이기도 하지만, 한 집단이 서로를 배려하는 문제이기도 했다. 나는 그것을 미처 깨닫지 못했던 것이다.

아이의 독일어 교과서를 들여다보니 ei라는 이중모음

을 다루는 부분의 구성이 눈에 띄었다. 이 페이지에서는 miteinander(밋아이난더: 서로, 함께), teilen(타일렌: 나누다), leise(라이제: 조용한, 조용히), einer(아이너: 한 명, 한 사람, 한 개) 등의 단어로 학생들이 이중모음 ei를 익히게 하는 동시에, 이 단어들과 공통적으로 밀접하게 연결되는 행위인 '멜덴'을 설명하고 있었다. 한 사람만 말하고, 나머지는 그 사람이 이야기할 수 있게 조용히 기다려주는 것. 그래서 멜덴을 할 때는 두 손의 검지를 모두 사용해서 한 손 검지는 높이 들고, 다른 손 검지는 '쉿─' 하는 모습처럼 입에 갖다 대기도 한다. 높이 든 검지는 '할 말이 있어요'라는 표시고, 입에 갖다 댄 검지는 '하지만 내 차례까지 조용히 기다릴게요'라는 표시다. 내가 돋보이는 것이 중요한 게 아니라, 다른 친구들 의견도 내 의견만큼 중요하다는 것을 배우는 과정이다. 모두가 규칙을 지키면 내가 말할 수 있는 차례가 분명히 온다는 것을 배우는 과정이기도 하다. 경청, 배려, 존중, 공평 같은 공동생활의 예쁜 씨앗을 어린 시절부터 자연스럽게 몸에 심는 것이 멜덴의 핵심이다.

재미있는 발표에는 웃어도 좋지만, 친구가 틀린 답을 말했다고 웃으면 따끔하게 혼난다. 선생님에 따라서는 옐로카드나 반칙 스티커 같은 것을 주기도 한다. '남이 틀렸다고 (혹은 내 생각과 다르다고) 웃는 것은 반칙이야' 하고 가르치는 것이다. 그래서 아이들은 친구들의 적절치 못한 답에 잘 웃지 않는다. 간단한 단어를 툭 던지든 긴 문장을 야무지게 말하든, 선생님은 모든 의견을 고루 환영한다. 또한 답 자체보다는 이유나 과정을 중요하게 여긴다. 답을 달랑 맞혔지만 이유를 설명하지는 못하는 친구, 올바른 답을 제시하지는 못하지만 나름의 타당한 이유를 생각해 내는 친구, 모두가 차례로 기회를 얻으면서 아이들은 차근차근 함께 생각하고 성장해 간다. 멜덴을 올바로 이해하고 생활화하는 것은 이렇게 모두를 껴안고 함께 나가는 일이다.

아이가 주말에 다니는 한글학교에서 특강을 부탁받은 적이 있다. 한국 교실에서 자란 나의 리듬과 독일 교실에서 자란 아이들의 리듬이 다르다는 것을 나는 그 교실에서 몸소 체험했다. 아무리 사소한 거라도 아이들은 손을 들고 내가 기회를 줄 때까지 아무도 말을 하지 않았다. 그 조용함이 나에게는 낯설었다. 아는 게 있으면 기회를 놓치지 않고 바로 말해버리는 교실에 익숙했고, 대체로 그렇게 나불거리는 역할을 내가 자주 했기 때문이다. 아이들의 모습을 보면서 '공정하고 공평한 기회'라는 걸 다시 생각하게 되었다. 모두에게 고루 기회를 주는 건 앞에 있는 선생님 혼자만의 일은 아니었다. 먼저 말하지 않고 입에 손을 갖다 대고 기다리는 친구들이 없으면 불가능한 일이었던 것이다. 공정과 공평은 앞에 나선 정치 지도자들만의 문제가 아니라 구성원 모두와 관계되는 일이라는 사실을, 나는 그 작은 교실에서 새삼 깨달았다.

반려인은 농구장에서 비슷한 느낌을 받았다고 했다. 농구를 워낙 좋아해 새로 이사한 동네 스포츠 클럽에 들어가서 농구를 시작했는데, 공을 뺏어서 속공 찬스가 나면 바로 달려가 슛을 하는 게 아니라 잠시 기다려주는 것이 의아했다고 한다. 반대편 코트로 얼른 달려가 점수를 내는 게 아니라, 그래도 상대 수비가 어느 정도 들어오면 그때부터 움직이더란다. "이 클럽 사람들은 이기려고 경기를 하는 게 아니라 함께하려고 경기를 하는 것 같아." 잘하는 사람이 돋보이려고 하거나 능숙한 사람들 위주로 패스해서 꼭 이기기 위한 플레이를 하는 게 아니라, 특히 이런 작은 동네 클럽에서는 각자의 역할을 하며 함께 즐기는 걸 중요하게 생각하는 것 같다며 첫날의 감상을 내게 전했다. 그 얘기를 듣는데 낯선 농구 코트에서 멜덴의 향기가 났다.

내 코가 석 자라 직접 타인의 손은 못 잡아주어도, 뒷사람을 위해 잠시 문은 잡아줄 수 있는 사회가 되면 좋지 않을까. 멜덴은 그런 사회의 가장 기초가 되는 행위다. 뒤에 오는 사람이 문에 끼이든 말든 나만 얼른 이 문을 통과하면 그만이라는 생각을 가진 사람들이 우글거리지 않게 해주는.

같이 사는 일의 기초는 나만 앞세우지 않고 모두에게 기회를 주는 것인데, 같이 사는 일을 궁리하는 게 업業인 정치인들이 이걸 제일 못한다는 생각이 든다. 특히 청문회나 국정감사를 할 때, 버럭대며 남의 말에 끼어드는 사람에게는 옐로카드를 주고 옐로카드를 세 장 모으면 '축하합니다! 지금 당장 퇴장하세요!' 하고 레드카드와 바꿔주는 제도가 있었으면 좋겠다. 상대를 윽박질러 의견을 묵살하는 행위를 '자신 있는 태도'나 '예리한 정치 공세' 같은 것으로 착각하는 정치인들을 많이 본다. 질문을 해놓고 답변은 안 듣고 자기 질문만 늘어놓는 사람도 보기 괴롭다. 답을 안 들을 거면 질문은 왜 하는 건지. 이런 사람들은 독일 교실에서처럼 반칙 스티커를 받으면 좋겠다. (될 수 있으면 이마에 붙이면 좋을 것 같다.) 사실 정치인 탓만 할 건 아니고 우리도 마찬가지다. 네가 무슨 말을 하든 관심 없고 나는 내가 하고 싶은 말만 하겠다는 사람들이 세상엔 얼마나 많은지.

어떤 행사나 프로그램을 신청하거나 단체에 소속되기 위해 신청서를 내는 것을 안멜덴anmelden, 그만두는 절차를 밟는 것을 압멜덴abmelden이라고 한다. 타인과 같이 무언가를 하기 위한 시작부터 그 안에서 함께 활동하며 의견을 나누는 일, 그리고 활동을 접는 일까지 모두 멜덴이다. 다시 말해서 독일에서는 우리가 함께하기 위한 모든 일에 멜덴이 함께한다. '할 말 있어요'라고 들어 올린 손에 '우리 모두 너의 말을 들을 테니 천천히 말해봐'라는 태도를 보이고, '어떤 의견이든 소중하니 네 생각을 말해줘'라는 눈빛을 주는 일. 정치학을 전공한 중년의 박사는 오늘도 이곳 초등학교에서 공동체 속 삶의 기초를 배운다.

꿈과

u f

W

현실 E

C

사이 K

E

N

자명종이나 핸드폰 알람 없이 살게 된 게 몇 년째인지 잘 모르겠다. 갓난아기가 있는 집에 그런 것을 켜둔다는 것은 용서받지 못할 대역죄이므로 아이들이 태어난 후부터 그렇게 살지 않았나 싶다. 꼬물이 때는 수유를 하고 돌보느라 낮과 밤의 구분이 그다지 의미가 없었고, 아이들이 좀 커서는 글 쓸 시간이 없다 보니 매일 새벽 3시쯤 일어나 서너 시간 정도 글을 쓰느라 늦잠이라는 게 없는 삶을 살았다. 이제 두 녀석 모두 학교에 보내놓고 작업 시간을 확보할 수 있어 예전만큼 일찍 일어나지는 않지만, 습관이 되어 그런지 일찍 눈이 떠진다. 예전과는 달리 바로 일어나지 않고 이불 속에서 미적거리며 시간을 보낸다. 자는 동안 눈처럼 소복하게 쌓인 메시지와 메일을 확인하고(눈 건강을 해치는 일입니다, 여러분), 간밤에 세상에는 무슨 일이 일어났는지 확인하고(눈 건강을 해친다고!), 오늘 할일을 머릿속에 그려보고, 아침 메뉴와 아이들 간식 도시락 메뉴를 고민하고. 그러고는 미련을 뚝뚝 떨어뜨리며 이불에서 빠져나와 불을 켠다. 달칵, 오늘도 눈부신 하루. 하루는 언제나 눈부시지 않은 적이 없다.

독일어에는 잠을 자다가 일어나는 것에 관한 동사 중 헷갈리기 쉬운 삼총사가 있다. 아우프슈테엔aufstehen, 아우프바헨aufwachen, 아우프베켄aufwecken. 공통적으로 들어가는 아우프auf는 독일어에서 쓰임이 무척 많은 녀석인데, 여기서는 동사에 붙는 접두사로 위쪽을 향한다up, upward는 의미다. 발딱의 아우프랄까. 실제 문장에서는 분리되어 맨 뒤로 가기도 하는데, 이렇게 문장 안에서 가끔 둘로 쪼개지는 동사를 분리동사trennbare Verben라고 한다. 독일어를 신기하게 만드는 특징 중 하나다. 동사가 마치 합체 로봇처럼 1호기 2호기로 나뉘기도 하고, 다시 붙기도 하고, 변신도 무척 많이 한다. 외국인 로봇 조종사 입장에서는 한숨이 절로 나는 일이다. 하지만 언어에 변화가 많다는 건 표현하고 싶은 게 많다는 뜻이려니 하고 한숨을 참아본다. 한국어의 높임말과 광대한 어말어미 변화를 앞에 둔 외국인의 심정을 생각하면서. 미안해, 미안한걸, 미안하죠, 미안합니다, 미안하다고, 미안하지, 미안하고말고, 미안하구려.

그런데 자다 깨는 데 대체 무슨 동사가 이렇게 많이

필요할까? 각각의 쓰임이 있으니 한번 살펴보자.

아우프슈테엔은 일어나서 침대에 더 이상 누워 있지 않은 상태를 말한다. "아침에 보통 몇 시쯤 일어나세요?" 라고 묻고 답할 때 쓰는, 그야말로 기상起牀의 대표적인 동사다.

Ich stehe jeden Morgen um 6 Uhr auf.

나는 매일 아침 6시에 일어난다.

아우프바헨은 일어났는데 아직 침대에 누워 있을 수도 있는 상태다. 정신을 차렸다는 의미, 즉 누워 있을지언정 정신은 깨어 있다는 뜻이다. 요즘 내가 이불 속에서 눈 건강을 해치며 꼼지락대는 상태가 여기에 해당한다.

Ich wache jeden Morgen um 6 Uhr auf, aber ich bleibe noch 30 Minuten im Bett liegen.

나는 매일 아침 6시에 일어나는데, 30분간 침대에 누워 미적거린다.

아우프베켄은 내가 일어나는 게 아니라 남을 깨우는

것을 말한다.

Ich wecke meine Kinder auf.

나는 내 아이들을 깨운다.

Meine Katze weckt mich jeden Morgen auf.

매일 아침 고양이가 나를 깨운다.

아우프를 뗀 베켄wecken과는 거의 동의어인데, 독일어로 자명종이 베커Wecker다. 부드럽게 뺨에 뽀뽀를 하든 앞발로 꾹꾹이를 하든 아니면 멱살을 잡든, 누군가 타인을 깨워 이 세상으로 다시 초대하는 일. 엄마가 누나를 깨우라고 하면 말없이 내 전기장판 온도를 최고로 올려 나를 깨우던 남동생 생각이 난다. 나는 조금 타서 일어나곤 했다. (그러고 보니 베켄과 발음이 비슷한 바켄backen이 굽는다는 뜻이다.) 이렇게 누군가를 깨우는 것, 아우프베켄이 오늘의 삼총사 중 이 글의 센터를 담당하는 친구다.

예전에 iOS10이 나왔을 때의 신기능이 '들어 올려 깨우기Aufwecken durch Anheben'였다. 이 기능을 활성화시켜 놓으면 아이폰이 자다가 깨어난다는 것이다. 휴대폰을 쓰다 놔두면 화면이 자동으로 꺼지는데, 그 상태에서 전화기를 사람이 누웠다 일어나듯 직각으로 세우면 화면이 밝아졌다. 그 모습을 애플과 통신 회사에서는 대대적으로 광고했다. 그렇게 아우프베켄은 뭔가를 깨우고 일어나게 만드는 것을 말한다.

내가 아우프베켄이라는 단어를 처음 접한 것은 어린이집에서 나눠준 안내문에서였다. 파싱 아우프베켄Fasching aufwecken 행사가 있으니 아이들이 그날 잠옷을 입고 와도 좋다는 거였다. 파싱이 뭔지는 몰라도 일단 15개월짜리 둘째를 잠옷 차림 그대로 달랑 들고 가서 선생님께 안겨 드렸다. 아이를 받아 든 선생님이 그 모습을 너무나 귀여워하셨다. 어깨와 엉덩이 쪽을 똑딱단추로 잠그는 곰돌이 수면 조끼를 입은 아이는 옷차림이 바뀌지 않아 약간 비몽사몽 중이었는데, 잠이 덜 깬 모습이 내가 봐도 귀여웠다. 색색의 보드라운 잠옷을 입고 곰돌이며 토끼 인형을 질질 끌고 나타난 아이들을 맞이하는 선생님도 잠옷 바람이었다. 파자마와 나이트가운, 우주복 스타일의 잠옷을 입은 선생님들이 돌아다니는 모습을 보니 웃음이 절로 났다. 이건 대체 무슨 행사일까. 집에 돌아가자마자 파싱 아우프베켄이 뭔지 찾아보았다. 선생님과 아이들은 그날 하루만 잠옷을 입은 게 아니라 파싱 기간 내내 다양한 코스튬을 입었고, 보는 사람도 무척 즐거웠다.

파싱은 지역마다 명칭도* 풍습도 조금씩 다른데, 기본적으로는 금식이 시작되는 사순절 전에 실컷 먹고 마시며 즐기는 카니발을 뜻한다. 카니발(carnival, 독일어로는 Karneval)은 라틴어의 'carne(고기)'와 'val(격리)'을 합친 말이다. 이슬람 신자들이 라마단 기간에 금식을 하듯, 기독교 신자들은 부활절 전 40일간을 사순절이라 부르며 신의 고난을 기억하고 체험하기 위해 기름진 음식을 먹지 않는 등 금욕적인 생활을 한다. 카니발은 그렇게 금식이 시작되기 전에 실컷 먹고 마시며 놀아두는 축제다. 가톨릭의 뿌리가 깊은 독일 남서부 지역에서 주로 기념한다. 개신교가 우세한 지역에서는 너무 무절제하다는 이유로 카니발을 금지했다고 한다.

이 행사를 가장 성대하게 치르는 쾰른에서는 '다섯 번째 계절die fünfte Jareszeit'**의 시작과 함께 파싱을 기념하는데, 11월 11일 11시 11분에 축제를 시작한다고 한다. 11은

---

* 바이에른 지역에서는 파싱이라고 부르지만, 쾰른 쪽에서는 카니발이라는 명칭을 그대로 살린 '카르네발Karneval', 마인츠에선 단식Fasten과 밤Nacht을 합친 '파스트나흐트 Fastnacht'라고 부른다.

종교적으로 '어리석음'•••이라는 의미를 지니는 숫자로, 카니발에서 중요한 역할을 담당하는 광대의 숫자이기 때문이다. 내가 사는 바이에른 지방에서는 2월, 즉 기나긴 겨울의 한가운데에서 대체 봄은 언제 오려나 싶을 때 파싱이 온다. 그러니까 바이에른 지방은 부활절 전의 사순절에, 쾰른 지방은 크리스마스 전의 사순절에 맞추는 것으로 이해하면 되겠다. 대규모 퍼레이드가 열리고, 사람들은 재미있는 복장으로 광장에 모여 함께 바보가 된다. 아이들은 퍼레이드에서 던지는 초콜릿과 사탕을 바구니에 주워 담느라 신이 나고, 거리에는 꽃가루와 종이 폭죽이 흩뿌려진다. 이걸 다 누가 치우나 싶은 아줌마의 마음을 잠시 제쳐두고 나도 걱정 근심 없는 바보가 되어본다. 뭐, 세상에 바보 아닌 사람이 있기는 할까.

•• 한국의 어느 시인도 11월을 다섯 번째 계절이라고 표현하는 것을 보고 신기한 마음이 들었다. "계절은 다섯 개, / 봄 여름 가을 겨울 그리고 11월" (김경미, 「11월이란」에서). 독일에서 '다섯 번째 계절'은 카니발을 뜻한다. 즉 봄, 여름, 가을, 겨울, 그리고 카니발이 있는 셈이다.

••• 기독교에서 11은 질서를 상징하는 10(대표적으로 십계명)에다 뭔가 더하는 것으로, 그 질서의 파괴와 훼손을 의미하고 따라서 무질서와 심판을 부르는 숫자라고 한다. 또한 하나님의 완전한 통치를 상징하는 12(열두 제자, 열두 지파)에서 하나가 모자라는 숫자로 불완전, 부족함, 어리석음 등을 의미하기도 한다.

그나저나 파싱 아우프베켄, 즉 파싱을 깨운다니 이게 무슨 말일까. 축제를 시작한다는 건가? 그렇다. 전통적으로 파싱 아우프베켄은 새벽에 잠옷이나 광대 옷을 입은 사람들이 주민들을 깨우기 위해 시끄러운 소리를 내며 행진하는 것을 말하는데, 요즘에는 주로 11시 11분에 맞춰 밴드나 퍼레이드가 시끄러운 소리를 내고 사람들도 "Weck auf!(깨어나세요!)" 하고 함께 외치는 걸로 대신한다. 아이가 다니던 어린이집에서는 모두가 바닥에 누워 자는 척하다가 시계 소리에 맞춰 벌떡 일어난 뒤, 가능한 모든 사물을 동원해서 아주 시끌벅적하고 요란한 소리를 냈다고 한다. 그러고는 신나는 음악을 틀고 춤을 추며 게임과 먹거리를 즐겼다고.

나는 이 파싱 아우프베켄이 참 묘하다고 생각한다. 파싱이라는 축제를 깨운다는 건 이제부터 꿈처럼 비현실적인 축제가 시작된다는 것인데, 그렇다면 우리는 깨어나서 꿈속으로 들어가는 셈이다. 어디를 꿈으로, 어디를 현실로 보아야 할지 경계가 불분명한 영역을 넘나들며 즐기는 바보들의 시간. 그 중간에 아우프베켄이 놓인다. 우리는 흔히 선구자나 선지자라는 뜻으로 '깨어 있는 사람'이라는 표현을 쓴다. 독일에서 'eine aufgeweckte Person'은 나이에 비해 놀랍도록 총명하고 지적 수준이 높은 사람을 말한다. 그런데 파싱 아우프베켄에서 사람들은 깨어나 바보가 된다. 평소의 우리와 축제를 즐기는 우리, 과연 어느 쪽이 바보인지 생각하게 된다. 사실 인생은 꿈 같은 것이고, 우리 삶은 자다 깨다를 반복한다. "Weck auf!(깨어나세요!)"라는 외침은 대체 어디에서 깨어나라는 주문일까.

바보는 웃음, 그리고 권위와 깊이 관련되는 존재다. 풍자와 해학의 민족인 우리는 웃음이 어떻게 권위를 무너뜨리는지 잘 알고 있다. 파싱 축제에서 가면(공포 영화에도 종종 등장하는 그 광대 가면이다)을 쓰고 광대 옷을 입은 바보들의 활약은 대단한데, 이들은 술집과 상점, 공공 기관 등 동네 여기저기에 출몰하며 모임을 개최한다. 어리석은 백성을 해방시키고 세속의 권력을 장악하기 위한 바보들의 움직임이라니! 그리하여 결국 바보들이 도시를 점거한다. 이때 특히 중요하게 생각하는 기관이 바로 학교와 시청이라는 점이 의미심장하다. 바보들이 라트하우스Rathaus, 즉 시청에 난입하는 퍼포먼스를 통해 시장에게서 도시의 열쇠를 넘겨받을 때, 시장들은 열쇠를 넘겨주기 전에 위버레궁스파우제Überlegungspause를 짧게 가진다. 직역하면 '생각이나 반성을 위해 잠시 멈추는 것'이다. 생각과 반성을 통해 바보들의 세상을 선언하는 일. 이쯤 되면 바보와 현자의 구분이 아득해진다.

웃음과 권위에 관한 이야기를 조금 더 하려면 파싱 축제 기간에 어떤 날이 있고 무슨 일이 이루어지는지 좀 더 살펴보는 게 좋겠다. 본래 파싱은 중세 시대에 '동방박사의 날Dreikönigstag'에서 금식이 시작되는 '재의 수요일Aschermittwoch'까지의 기간을 가리켰다고 한다. 그사이에 신기한 날들이 그야말로 꽃처럼 피어 있다. 여인들의 목요일Weiberdonnerstag, 카네이션의 토요일Nelkensamstag, 튤립의 일요일Tulpensonntag, 장미의 월요일Rosenmontag, 제비꽃의 화요일Veilchendienstag 등.

내가 특히 주목하는 것은 여인들의 목요일과 장미의 월요일. 파싱 행사를 가장 정성스럽게 챙기는 쾰른시의 경우, 여인들의 목요일에는 그야말로 온 도시가 여인천하가 된다고 한다. 전통적으로 여성들은 이날 대낮부터 술을 마시고 남편에게 복종하기를 (그래야 했던 시절의 이야기다) 거부하며, 남성들의 상징인 넥타이가 보이면 가위로 자를 수 있었다고 한다. 억눌려 살아야 했던 여성들이 남성의 권위를 싹둑 잘라버리고 자유를 만끽하는 날. 억

누르는 자도, 억눌리는 자도 없는 해방의 날이다. 18세기 수도원에서는 수녀들이 이날만큼은 와인이나 초콜릿 등 금지된 것들을 즐기며 낮에는 춤을 추고 밤에는 카드놀이를 했다고 한다. 지역에 따라서는 이날, 손발이 묶인 시장에게서 여성들이 열쇠를 넘겨받는 의식을 치르는 곳도 있다. 이렇게 가부장적인 권위를 전복하는 일은 과연 바보들이 꿈속에서만 해야 하는 일일까.

장미의 월요일Rosenmontag은 사실상 그 어원이 광란의 월요일Rasenmontag이라는 설이 독일어 사전에 실릴 정도로, 질서의 사회인 독일이 무질서와 난장판이 되는 날이다. 축제가 정점에 이르는 날이기도 하다. 쾰른의 카니발 퍼레이드는 브라질의 리우 카니발, 영국의 노팅힐 카니발과 더불어 세계 3대 카니발로 200여 년간 명성을 지켜오는 중인데, 세계적으로 손꼽히는 규모의 대성당이 있는 성스러운 도시가 이렇게 세속과 무질서의 공간으로 변하는 것이 재미있다. 이날에는 자그마치 6킬로미터가 넘는 성대한 퍼레이드와 가장 행렬이 예닐곱 시간에 걸쳐 이어지는데, 퍼레이드 중에 '예켄Jecken'이라고 부르는 바보 백성들에게 던져줄 '카멜레Kamelle', 즉 사탕과 캐러멜, 초콜릿과 꽃만 해도 수백 톤에 달한다고 한다. 축제에 참가

하는 사람들은 자신이 원하는 그 무엇으로든 변신할 수 있는데 대체로 우스꽝스러운 분장을 선호한다. 여기서도 바보들의 활약은 눈여겨볼 요소다. 풍자는 퍼레이드의 핵심 요소 중 하나. 퍼레이드에는 정치인이나 사회문제, 독일의 정책을 풍자하는 거대한 마분지 인형들이 꼭 등장하고, '나렌슈프룽Narrensprung'이라고 하는 바보들의 점프가 특히 유명하다. 펄쩍펄쩍 뛰어오르는 그들의 몸짓을 보며 바보들의 점프란 어떤 의미일까 생각해 본다. 땅에서 가능한 한 높이 날아오르려는 몸짓. 최대한 이 땅의 현실과 떨어져 보려는, 바보 같고 흥겨운 노력. 어쩔 수 없이 땅에 매여 사는 인간들이 하늘을 향해 날아보고 싶은 마음이라면, 저것이 과연 바보들이 하는 몸짓일까.

제비꽃의 화요일이 되면 축제의 흥은 점차 사그라들고, 불꽃이 사그라들듯 마지막 날인 재의 수요일까지 차분한 분위기가 이어진다. 이때는 축제 기간에 내걸었던 누벨Nubbel, 즉 인간 크기의 허수아비들을 불태운다. 축제 기간 동안 저지른 모든 죄와 악행을 대신 짊어지고 화형을 당하는 희생양인 셈인데, 사람들은 이 의식을 통해 모든 기억을 잊고 망각의 상태로 돌아간다는 것이다. 이로써 축제는 끝나고, 자유와 해방과 저항이 타고 남은 자리에는 재만 남는다. 망각을 통해 꿈과 현실은 다시 한번 경계가 흐려진다. 독일 쾰른 시내 한복판에서 장자 할아버지가 소환되는 순간이랄까. 축제 때 나비도 되었다가, 마녀도 되었다가, 술통도 되었다가, 도둑놈도 바보도 되었던 나는 꿈에서 깨어나 내가 바보인지 바보가 나인지, 이제 어디로 가야 하는지 판단해야 한다. 시끌벅적 요란한 소리와 함께 '깨워졌던' 아우프베켄의 상태가 이제는 '스스로 깨어 일어나는' 아우프바헨, 아우프슈테엔의 상태로 가야 하는 시점.

깨닫는 순간과 눈을 감는 순간은 동일할 때가 많다. 뭔가를 깨달을 때 지그시 눈을 감고 이마를 탁 치곤 하듯이. 우리는 꿈에서 현실을, 현실에서 꿈을 볼 때도 많다. 나는 매일 저녁 잠옷을 입으며 광대가 되고, 아침이 되어 망각과 함께 흥겨웠던 꿈의 축제에서 깨어난다. 그리고 바보로 사는 일에 관해 생각한다. 내 잠옷을 내려다보며 (눈을 가늘게 뜨고 나를 쳐다보는 수십 마리의 고양이 무늬와 만난다) 이게 과연 광대의 옷인가 자문하기도 한다. 내 옷 중에 가장 자연스러운, 그야말로 가면을 쓰지 않은 상태의 복장인데, 그렇다면 결국 광대의 가면을 쓰는 복장은 잠옷과 양복 중 어떤 쪽일까. 최승자 시인의 말처럼, 살아 있다는

건 이상하고 "참 아슬아슬하게 아름다운 일"이다.[*]

누구나 공평히 심장에 차고 있는 시계 초침 소리가 있다. 그 소리를 마치 카니발의 시작처럼 시끌벅적하게 들을 줄 아는 일, 그리하여 깨어날 수 있는 일. 또한 타인의 여린 심장 소리에 귀를 기울이고 부드럽게 깨워줄 수 있는 일. 아우프베켄이라는 동사는 어느 방향으로 누구를 깨우고, 나는 어느 방향으로 일어서야 하는지 내게 묻는다.

"Ich hoffe, ich habe dich nicht aufgeweckt."
내가 당신을 깨우지 않았기를 바랍니다.

소설의 주인공들도, 일상 속 우리도 자주 말하곤 한다. "미안해, 내가 깨운 건 아니지?" 하지만 나는 지금 이 글이 당신의 무언가를 깨웠기를 바란다.

---

[*] "이상하지, / 살아 있다는 건, / 참 아슬아슬하게 아름다운 일이란다." 최승자, 「20년 후에, 지쯔에게」, 『즐거운 일기』, 문학과지성사, 1984.

S

T

걸려

O

L

P

넘어진다는 E R

S

T 것

E

i

N

우리는 대체로 걸림돌을 싫어한다. 넘어지고 자빠지는 걸 반기는 사람은 희귀하므로. 넘어지면 아프고 창피하다. 균형을 잃는 순간의 그 서늘하고 쭈뼛한 감각, 손바닥이 까지고 무릎이 긁히고 엉덩이가 얼얼해지는 아픔, 사람 많은 곳에서 대차게 자빠졌을 때 그냥 그대로 녹아 땅속으로 스며들고 싶은 마음까지, 어느 하나 좋은 게 없다. 그러므로 우리는 바란다. 실제로 내 발에 차이는 걸림돌이든 인생의 걸림돌이든, 내 앞의 걸림돌이 모두 사라져 주길. 하지만 독일에는 사라지면 안 되는 걸림돌이 있다. 보다 많은 사람의 발끝에 차이기를 바라는 걸림돌이. 그래서 아픔과 부끄러움의 감각을 부단히 일깨우기를 바라는 걸림돌이. 슈톨퍼슈타인Stolperstein이라는 이름의 이 네모난 돌은 독일 전역에 깔려 조용히 빛나고 있다.

　슈톨퍼른stolpern이라는 동사는 '발이 걸리다, 비틀거리다, 휘청거리다'라는 뜻이고, 슈타인Stein은 돌이라는 뜻의 명사다. ('돌멩이 하나'라는 뜻의 아인슈타인이란 이름이 늘 농담 같

184

HIER WOHNTE
ALFRED KAUFMANN
JG. 1895
DEPORTIERT 1942
AUSCHWITZ
? ? ?

다고 생각한다.) 둘을 합치면 걸림돌이라는 의미가 된다. 비유적으로는 장애물이나 문제점을 뜻하기도 한다. 슈톨퍼슈타인이라고 했을 때, 삐죽 튀어나온 돌부리보다는 사진처럼 글자를 새긴 황동판이 붙은 가로세로 10센티미터 정도의 콘크리트 큐브를 떠올리는 독일 사람들이 더 많을 것이다. 저 네모난 동판을 볼 때면 나는 윤동주 시인이 손바닥으로 발바닥으로 닦으려고 했던 구리 거울 생각이

난다. 구리는 부끄러움과 참회의 결합 구조를 가지는 금속인가 싶다.

슈톨퍼슈타인은 독일 예술가 귄터 뎀니히가 나치에 희생된 사람들을 기리기 위해서 1992년부터 시작해 지금도 꾸준히 진행하고 있는 프로젝트다. 대체로 "히어 본 테…(Hier wohnte…, 영어로는 Here lived…)"로 시작하는 이 작은 기념관은 희생자들이 추방당하거나 학살되기 전에 마지막으로 살았던 집 앞 도로에 놓인다. 가끔은 다녔던 일터 앞에 놓이기도 한다. 쉽게 피하거나 우회할 수 있는 장소도, 사람들의 시선이 집중되거나 사람들이 우러러보는 장소도 아닌 우리가 매일 걸어 다니는 길. 그 위에 놓여 사람들의 발끝에 차이길 기다린다. "많은 사람들이 길을 걷다가 이것 때문에 발을 헛디디길 바랍니다. 그리고 잠시나마 기억해 보길 바랍니다." 뎀니히는 "사람은 그 이름이 잊혀야만 잊힌다"라는 『탈무드』 속 말을 마음에 담고 돌 하나에 이름 하나를 새겼다. 유대인들의 지혜와 정신을 담았다는 책 속 문장이 그렇게 야만과 광기에 스러져간 유대인들의 이름을 단단히 붙들었다.

각각의 동판에는 이름과 출생 연도, 체포된 날, 강제 추방된 곳과 그들이 맞은 운명 등을 짤막하게 담아두었다. 돌이 놓일 정확한 위치를 잡기 위해 일차적으로는 피해자의 생존 가족이나 친척의 증언을 듣지만, 해당 지역 시민들이 모임을 만들기도 하고 인근 학교 어린이들과 선생님이 함께 조사하기도 한다. 우리 동네, 내 이웃집에 살다가 갑자기 사라져서 결국 돌아오지 않았던 사람의 이름을 잊어서는 안 된다는 마음이 그렇게 씨앗을 심듯 걸림돌을 심고 있다.

독일뿐 아니라 폴란드와 오스트리아 등 유럽 여러 나라에 설치된 슈톨퍼슈타인은 2023년 5월에 10만 개째를 맞았고, 지금도 꾸준히 어딘가에 새로 박히고 있다. 10만 개라니, 그러고도 아직 많은 이름이 차례를 기다리고 있다니. 나는 가끔 이 네모난 돌들이 모여 만드는 탑이라든가 건물 같은 것을 상상해 보기도 하는데 그럴 때마다 왠지 죄를 짓는 느낌이다. 상상 속 건물은 제대로 세워지는 법이 없이 언제나 무너져 내린다. 사실 쌓으면 안 되는 것들이다. "그 사람이 여기에 있었다"라고 말하는 돌들이 가리키는 화살표가 한곳으로 모여서는 안 될 테니까.[*]

수가 워낙 많다 보니, 독일을 여행하다 보면 길거리에 박혀 반짝거리는 이 슈톨퍼슈타인을 심심치 않게 만난다. 무심히 길을 걷던 내 발끝에도 걸린 적이 있다. 몸이 비틀거리기보다는 마음이 철렁했다. 발끝에 차여 마음까지 휘청거리게 만드는 이 걸림돌이 불편하기도 할 텐데, 사람들은 불만이나 항의 대신 거기에 꽃을 놓았다. 그 앞에서 걸음을 늦추거나 멈춰 서는 이들을 종종 본다. 마음이 걸려 넘어지는 돌이다.

안희연 시인은 산문집 『당신이 좋아지면, 밤이 깊어지면』에서 메리 루플의 글을 빌려 '사람마다 어김없이 넘어지곤 하는 그들만의 나무뿌리'에 관해 말한다. 시인은 이 나무뿌리가 '나의 가장 무른 부분'으로 바꿔 쓸 수 있는 말이라고 한다. "내가 어떤 사람인지, 어떤 말이나 표정혹은 상황에 취약한지, 무엇 때문에 번번이 주저앉는지"를 탐색하여 내가 어김없이 걸려 넘어지는 그 나무뿌리의 규칙성을 파악하는 게 필요하다는 것이다. 일곱 번 넘어졌으면 여덟 번째 넘어질 때 정확히 바로 그 부분이 또 깨질 확률이 높기에, 거기에 있는 진짜 내 마음을 살펴야

* 우리나라 제주도에 있는 '수상한 집 광보네'도 "그 사람이 여기에 있었다"고 말하는 건물이다. 간첩 조작 사건의 피해자인 강광보 씨가 억울하게 옥에 갇히자 그의 노부모가 아들이 감옥에서 돌아왔을 때 그래도 누울 곳은 있어야겠다는 생각에 손수 집을 지었다고 한다. 현재는 국가 폭력의 참상을 알리는 장소로 사용되고 있다.

한다는 뜻이다.

나는 그 부분을 읽으며 '나의 가장 무른 부분'에 관해 생각하기보다는 '걸려 넘어지는 일' 그 자체가 꼭 얽혀 있는 나무뿌리처럼 아름답다고 생각했다. 살다가 자꾸 어디에 걸려 넘어지는 일. 그냥 지나지 못해 발을 멈추게 되고, 결국은 그곳에 쪼그려 앉거나 주저앉는 것. 그건 아마 어떤 형태의 사랑일 것이다. 내 마음의 실핏줄이 그곳에 덩굴처럼 얽혀 있으니 자꾸 걸려 넘어지는 것이다. 어딘가를 향해 거침없이 걸어나가는 사람보다는 자꾸 어딘가에 마음이 걸려 넘어지는 사람, 그래서 멋쩍은 얼굴로 종종 멈추는 사람이 나는 더 사랑스럽다. 결국은 자꾸 넘어지는 그곳에 꽃이 피는 게 아닐까. 시인도 "어쨌든 무릎이 깨졌다는 건 사랑했다는 뜻이다"라고 덧붙인다. 책을 읽다 보면 이렇게 걸려 넘어지는 문장들이 있다.

비슷하게 내가 책 속에서 걸려 넘어졌던 장소가 있다. "잃어버린 묘지를 위한 묘지"라는, 꼭 시 같은 이름이 붙은 곳이다. 건축가 고건수의 『이를테면, 그단스크』라는 책에서 이 묘지를 만났다. 폴란드 그단스크에는 2차 세계대전 때 폭격으로 기존의 묘지들을 잃은 뒤에, 그렇게 잃어버린 묘지를 위해 새로 만든 묘지가 있다고 한다. 잃어버린 묘지들을 위한 묘지라니. 부서진 비석들을 상징하는 박석이 깔린 길을 보며 나는 내 안에 일어나는 감정들을 표현할 말을 찾지 못했다. 죽음이 다시 한 번 흩어져 죽어 있었다. 걸려 넘어질 발을 잃어버린 육신들과, 그 육신이 잠든 곳을 표시하는 비석들을 잃어버린 묘지. 작가는 이렇게 말한다. "모든 장면을 애처롭게 볼 필요는 없겠으나, 어느 하나라도 쉬이 사라지는 일은 없어야 할 것이다." 쉬이 사라지지 않기를 바라는 마음이 이렇게 잃어버린 묘지를 위한 묘지를 만들고, 슈톨퍼슈타인을 심는다.

우리는 전쟁이 아직도 현재 진행형인 시대를 살고 있다. 애초에 우리 마음속이 전쟁이다. 살다 보면 누군가가 마음에 안 들어 미워할 수도 있고 싸울 수도 있다. 하지만 다양한 사람이 모인 어떤 집단을 특정 라벨을 붙인 상자에 넣어두고, 그 라벨만 확인한 뒤 죽인다는 사실은 도저히 이해하기 어렵다. 유대인이라서 죽이고, 팔레스타인 사람이라서 죽이고, 북한 사람이라서 죽이고, 남한 사람이라서 죽이고. 팔레스타인 사람들은 모두 테러범이니까, 북한 사람들은 모두 빨갱이니까. 세상에 뭐 이렇게 단순 무식한 도식이 있을까 싶어 인간의 지적 능력을 의심하게 된다. (나는 가끔 우리가 지적 능력이 아니라 그냥 남을 지적하는 능력이 뛰어난 존재들이 아닌가 생각하곤 한다.)

"하느님은 총을 쏘라고 사람을 창조하신 게 아니야. 서로 사랑하라고 만드셨지."● 발렌티나 파블로브나 추다예바는 2차 세계대전이 발발했을 때 고등학교를 갓 졸업한 어린 나이에, 부러질 것 같은 가느다란 목에 무거운 자동소총을 메고 전장을 누볐던 소녀 병사다. 아버지의 죽음에 대한 복수심에 불타올랐던 그는 전선에서 총을 쏘게 해달라고 애원했고, 결국은 고사포 지휘관이 되어 전쟁에 임했다. 그렇게 간절하게 총을 쏘고 싶어 했던 소녀는 할머니가 되어 말한다. 하느님은 총을 쏘라고 사람을 창조하신 게 아니라고. 그러고는 덧붙인다. "그 일을 떠올리는 건 끔찍하지만 그 일을 기억하지 않는 게 더 끔찍하거든."

미움을 드러내고 혐오의 선을 긋다 보면 그 선은 고무줄처럼 늘어난다. 나치가 원래 유대인 주변으로 선을 그었다가 장애인과 동성애자, 소수 인종과 흑인, 공산당원,

---

● 스베틀라나 알렉시예비치, 『전쟁은 여자의 얼굴을 하지 않았다』, 박은정 옮김, 문학동네, 2015, 224-225쪽.

양심적 병역 거부자, 상습적 범죄자, 체제에 저항하는 종교인들과 반나치주의자들까지 야금야금 범위를 넓혀 야만적 행위를 감행했듯이. 그래서 슈톨퍼슈타인 프로젝트도 본래는 유대인 희생자들을 대상으로 시작했지만 나치 정권에 의해 반사회적 인물로 분류되어 희생되었던 수많은 이들로 범위가 확대되었다. 미움의 선을 긋고 늘이다 보면 나도 언젠가 그 안으로 들어간다는 사실을 사람들은 깨닫지 못한다. 코로나 시대에 우한이라는 도시를 손가락질하고 중국에 선을 그었던 우리는 뉴욕의 지하철에서, 런던의 길거리에서, 리스본의 여행지에서 혐오 범죄를 맞닥뜨려야 했다. 한국인이라고 외쳐봤자 소용없는 일이었다. 그곳 사람들이 더 넓게 선을 그어버렸기 때문이다. 우한을 아시아 전역으로, 중국인을 아시아인 전체로. 선을 긋고 싶어 하는 사람에게는 대체로 나 아니면 남이다. 비난과 혐오는 원래 그런 식으로 작동한다는 사실, 놔두면 손쉽게 나에게 되돌아온다는 사실을 모르는 이들은 오늘도 목소리를 높인다. 그런 사람들이 걸려 넘어질 나무뿌리, 발끝에 차여 몸이라도 휘청거리게 만들 슈톨퍼슈타인이 필요하다.

　사람은 고쳐 쓰는 게 아니라는 말이 있는데, 그 오만한 말에 대항하듯 독일인들은 스스로를 많이 다잡고 고쳤다. 1970년 폴란드를 방문한 빌리 브란트 당시 서독 총리가 유대인들이 학살당한 바르샤바 게토의 전몰자 묘역에서 빗물이 축축한 바닥에 무릎을 꿇은 모습은 세계인의 시선을 사로잡았다. '브란트 한 사람이 무릎 꿇어 독일 민족 전체가 일어섰다'는 평까지 나왔다.

가뜩이나 조심스러운 독일인들은 이 문제에 관해 정말로 조심스러워한다. 곁에서 보기에는 저렇게까지 할 필요가 있나 싶어 짠한 마음이 들기도 한다. 일단 국기를 흔드는 행위에 강한 거부 반응을 보인다. 깃발을 흔들며 열광했던 나치 시절 이미지가 떠오르는 듯, 나이 든 어른들은 거의 경기를 일으키며 손사래를 친다. 월드컵 경기가 있으면 거리에 태극기 물결이 넘실대는 우리와는 달리, 그렇게 축구에 환장하는 독일인들은 오히려 손에 국기를 잘 들지 않는다. 국기에 들어가는 삼색으로 만든 꽃을 장식하거나, 모자나 손목 밴드 같은 작은 소품에 국기색을 넣는 정도에 그친다. 대체로는 허옇게 국가대표 유니폼을 입고 앉아 있는 편. 월드컵 같은 행사에서 조금씩 국기를 흔들기 시작한 것은 젊은 세대들이다.

독일에는 나치에 관련된 금기도 많다. 히틀러의 저술

에 관한 무비판적 출간은 전면 불허하고 있으며, 1925년에 출간된 히틀러의 자서전 『나의 투쟁Mein Kampf』은 70년간이나 금서禁書였다. 역사 시간에 독일 학생들은 이전 세대의 야만과 광기에 관해 진지하게 배우고 토론하는데, 자국민뿐 아니라 외국인을 위한 독일어 교재에도, 독일 시민권을 취득하려는 사람들이 통과해야 하는 테스트에도, 이 슬프고 부끄러운 역사는 높은 비중으로 수차례 다루어진다. 이를테면 외국인을 위한 한국어 교재에, 귀화 시험에, 친일파와 빨갱이에 관한 내용이 중요하게 등장하는 셈이랄까.

가장 놀라운 것은 난민에 관한 독일 정부의 정책이다. 독일은 시리아 내전 등으로 난민이 몰려든 2015년에 국경을 열어 이듬해까지 100만 명이 넘는 난민을 받아들였다. 그로부터 5년이 지난 2020년 9월, 독일의 주요 도시에서 동시다발적으로 난민과 관련한 시위가 일어났다. 베를린에서만 5,000명가량이 연대 시위를 벌였다. 이제는 그만 받으라는, 혹은 그간 받았던 난민들을 내보내라는 반대 시위였을까? 아니었다. 놀랍게도 난민을 더 많이 받으라는 항의의 의미였다. "우리가 어디서 왔든 사람은 사람"이라고 외치는 목소리, "나치를 위한 자리는 없다*Kein Platz für Nazis*"라고 쓰인 팻말이 넘실거렸다. 인종이며 종교라는 단어도 몰랐을 이웃집 네 살짜리를 그 이름도 끔찍한 절멸 수용소*extermination camp*에 보내 '청소'하고자 했던 이들이 이제 다른 나라에서 같은 이유로 국경을 넘어온 이들에게 관용을 베풀고 환대한다. 과거에 대한 죄책감, 독일인의 마음에 박혀 있는 슈톨퍼슈타인이 이런 포용적인 제스처를 더 강하게 하는 게 아닐까. '걸려 넘어지는 사람들'이 되었기 때문에.

『사람, 장소, 환대』를 쓴 김현경은 사람이 된다는 건 '자리 혹은 장소를 갖는 것'이며, 환대란 "타자에게 자리를 주는 행위"라고 말한다. 이 세상을 저들과 공유할 수는 없다는 믿음을 가졌던 이들이, 모두가 공유하는 길 위에다 그렇게 몰아낸 이름들에게 조그맣게 빛나는 네모난 자리를 주었다. 참회하는 마음으로. 한때 총구를 겨눠 이웃을 몰아냈던 사람들은 총구를 피해 도망쳐 온 이들에게 이웃집을 내주었다. 환영하는 마음으로. 그런 의미에서 슈톨퍼슈타인이라는 걸림돌은 사실 과거를 딛고 미래로 나아갈 수 있게 해주는 디딤돌일지도 모르겠다.

하지만 최근의 독일은 많이 변했다. 극우 성향의 정치

인이 주목받고 나라마다 극우 정당들이 득세하는 시대적 조류 속에서 점잖은 태도를 유지하던 독일이 심상치 않은 행보를 보이고 있는 것이다. 물론 사람들의 생각이 다양한 건 당연하고, 독일 국민 모두가 한목소리로 난민을 환영한다면 그게 오히려 이상한 일이다. 하지만 특히 코로나를 전후로 독일 사회 분위기는 분명히 달라졌다. 처절한 반성의 역사 때문에 타인을 명시적으로 거부하지는 않지만, 조용히 거슬려 하는 분위기가 확산되고 있다고 할까. 나쁜 사람이 되고 싶지 않은 마음이 곧바로 선한 사람을 만드는 것은 아니듯, 명시적으로 거부하지 않는다는 사실이 곧 진심 어린 환영의 의미가 되지는 못한다. 최근에는 난민을 환영하는 시위에 맞붙어 격렬하게 항의하고 강한 구호를 외치는 반대 시위도 만만치 않다. (이런 시위에는 늘 독일 국기가 나부끼는 것을 흥미롭게 관찰하고 있다.)

히틀러의 『나의 투쟁』은 금서에서 풀리자마자 베스트셀러에 올랐고, 정치 영역에서는 강력한 반反 난민, 반 이슬람 노선을 내세운 극우 정당 '독일을 위한 대안(Alternative für Deutschland, 이하 AfD로 칭함)'이 주목할 만한 성장을 했다.[*] 곳간에서 인심 난다는데, 독일의 비어가는 곳간이 그 이유일지도 모르겠다. 독일 경제가 장기 침체에 빠지고 러시아-우크라이나 전쟁이 장기화하는 가운데, 불법 이민 문제가 통제 불능 상태에 이르렀다는 인식이 독일 국민 사이에 퍼진 듯하다. 요즘의 독일을 보고 있으면, 말 잘 듣는 모범생이 세상의 기대 때문에 차마 꺼내놓지 못했던 억눌린 내면이 들썩거리는 느낌이다.

그 와중에 충격적인 사건이 있었다. 2023년 11월, AfD 고위 인사를 포함한 극우 측 비밀 회동에서 독일 내의 수백만 이주민을 다시 이주시키기 위한 계획을 논의한 것이 폭로되어 독일 사회를 충격에 빠뜨렸다. 말이 좋아 '손님들을 이주시키자'는 것이지, '이 땅에서 이민족을 추방하겠다'는 것이었고, 심지어 독일 시민으로서 독일 여권을 적법하게 소지한 이민자들까지 (그러므로 영주권자가 아니라 시민권자까지) 본국으로 재이민시키는 방안도 논의한 것으로 알려져 엄청난 파장을 몰고 왔다.

소위 '신新 나치 비밀 회동'이라고 일컬어지는 이 사건에 독일인들의 경계 버튼이 눌렸다. 많은 이들이 소식을 듣고 바이마르공화국이 히틀러의 손에 넘어가던 100년

• AfD는 2023년 단 1년 동안 당원 수가 37퍼센트나 늘어났고, 2024년 지방선거를 앞두고는 튀링겐, 작센, 작센-안할트 세 개 주에서 지지율이 30퍼센트를 넘기도 했다.

전의 기억을 반사적으로 떠올렸을 것이다. 슈톨퍼슈타인을 거리에 심어두고 '걸려 넘어지는 사람들'이 되고자 했던 독일인이라면 이 사건에 마음이 걸려 넘어지지 않을 리가 없다. 결국 전후의 모든 시위를 통틀어 최대 규모에 속하는 전국적 시위가 이어져 극우의 행보를 규탄하는 목소리를 냈고, AfD는 지방선거에서 참패했다. 독일 연방헌법재판소는 이미 몇 년 전부터 이들을 극우 정당으로 분류해 주목하고 있고, 2024년 1월에는 또 다른 극우 정당인 조국당Die Heimat의 가치와 목표가 위헌적이라며 국고 지원과 세금 혜택을 박탈하는 결정을 내렸다.

한창 기세를 올리던 극우 세력이 독일 사회에 거세진 견제 여론에 직면해 코너로 몰리는 모양새지만 그렇다고 해서 AfD의 지지율이 급락할 것 같지는 않다. 오히려 정부의 탄압으로 여겨 당원 신청이 늘었고, 그렇게 다시 세를 결집하고 있다는 소식도 있다. 이런 일련의 상황을 두고, 독일이 사춘기를 잘 보내고 집에 돌아왔으면 한다는 이야기를 가까이에 사는 지인과 나눴다. 불안한 마음으로 바라보고는 있지만 솔직히 우리 애가 (너희 앤가…?) 큰 사고를 치지는 않을 거라는 믿음은 있다. 지인의 표현에 따르면 나치의 하켄크로이츠 마크에 면역 세포처럼 반응하는 독일 사회이기에, 내 믿음에 따르면 이곳은 슈톨퍼슈타인이 박힌 땅이기 때문에.

독일에는 '발하이마트Wahlheimat'라는 단어가 있다. '내가 선택한 고향'이란 뜻이다. "함부르크 출생이지만 뮌헨은 내 제2의 고향이다", "시리아에서 태어났지만 독일은 내 두 번째 조국이다"라고 할 때 쓰는 말. '선택, 투표'라는 뜻의 발Wahl과 '고향, 조국'이라는 뜻의 하이마트(Heimat, 전자 제품 살 때 가는 그곳은 Himart입니다)가 합쳐진 단어다. 크라운제과 초코하임을 좋아하는 분들이라면 '초코로 만든 집'이라는 광고 문구를 기억할지도 모르겠다. 하임Heim은 하우스Haus보다는 조금 더 정서적인 의미에서 '집, 가정'을 뜻한다. 안전과 평안을 느낄 수 있는 곳. 반대의 접두사 'un-'이 붙은 형용사/부사형인 운하임리히unheimlich가 으스스하고 섬뜩하다는 뜻임을 감안하면 독일어 '하임'이 담고 있는 정서가 느껴질 것이다. 그런 집이 있는 곳이 하이마트, 즉 고향이다.

발하이마트는 그렇게 무섭고 섬뜩할 수도 있는 곳을 벗어나 선택한 제2의 고향이 안전과 평안을 느낄 수 있는 곳이 되어주기를 바라는 마음이 담긴 아름다운 단어다.

외국인으로서 발하이마트라는 단어를 사전에 등재하고 있는 나라에 살고 있다는 것은 왠지 든든한 일이다. 태어난 곳을 선택할 수는 없지만 살아갈 곳은 선택할 수 있다는 것, 그 선택을 내 주변에서 따뜻한 마음으로 지지하고 있다는 것. 개인적으로는 그들이 예전에 했던 선택을 반성하는 마음이 담겼다 믿으며 슈톨퍼슈타인 옆에 나란히 놓아두고 싶은 단어이기도 하다.

사실 고향을 택할 수 있다는 것은 안정적인 나의 고향이 존재하지 않는다는 역설이기도 하다. 고향은 본래 그 안에 살고 있는 자들을 위한 단어가 아니다. 낯선 곳에서 분투하는 자들, 스며들지 못하는 자들이 더 진하게 맛보는 단어다. 한마디로, 고향을 느끼는 자들은 그곳을 떠난 자들이다. 그러므로 발하이마트라는 단어는 태생적으로 어느 정도의 아픔과 그리움을 담는다. 단어 안의 여백에 한기가 살짝 깃들어 있기에, 더더욱 온기를 담는 단어이기를 바라게 된다. 발하이마트라는 말에 반기라도 들듯, 하이마트라는 단어를 독일의 극우 정당인 조국당Die Heimat이 선점해 버렸다는 사실이 나는 늘 씁쓸하다. 그렇게 고향을 배타적이고 차별적인 단어로 만드는 일은 가급적 일어나지 않기를 나는 바란다.

최근까지 살았던 동네 하임하우젠(하임에 하우젠이라니, 왠지 단어 자체가 1가구 2주택의 느낌이랄까)에는 난민 수용 시설이 있었다. 널따란 유채밭과 밀밭 한편에 컨테이너를 개조한 공동 주거 시설을 여러 채 배치한 그곳은 내 산책길의 일부라 나는 사시사철 그곳을 지나다녔다. 그곳에서 저녁연기가 피어오르는 것을 보면 왠지 마음이 따뜻해지고 안심이 되었다. 동네에서 나오는 모든 중고 장난감과 쓸 만한 아기 용품들이 그리로 갔고, 결국 컨테이너 주거촌 안에 작은 놀이터가 생기는 것을 보고는 얼마나 기쁘던지. 그곳에서는 전쟁이라든가 박해라는 단어를 몰라도 되는 아기들이 아장아장 걸어 다니며 세발자전거를 탔고 미끄럼틀에 올랐다. 그 앞을 지나다니며 그 아기들의 발하이마트가 다정하고 평화로운 곳이기를, 내 아이들의 발하이마트도 차별 없이 정의로운 곳이기를 바랐다. 내 아이들의 발하이마트가 인종차별이 없는 곳이기를 바라면서 난민 아기들이 들어오지 말기를 바라는 것은 고향이라는 단어를 내 입맛대로 독점하고 싶다는 가시 돋친 마음일 것이다. 난민과 이민자들 사이에 애써 선을 긋고 싶은 마음도 있겠지만, 그들이 보기에 우리는 모두 이방인일 뿐이니까.

이 세상을 저들과 공유할 수는 없다는 믿음, 저들만 없다면 이 세상이 더 나아질 것이라는 신념은 아직도 세상 여기저기에 공고하게 박혀 있다. 그런 믿음과 신념들이 어딘가에서 무엇을 만나 한 번쯤은 걸려 넘어지기를 바란다. 나무뿌리든 걸림돌이든 타인의 발이든, 우리의 신념을 걸어 넘어뜨리는 존재는 사실 축복에 가깝다. 나는 꽃길만 걸으라는 말이 축복이라고 생각하지 않는다. 꽃길만 걷다 보면 발이 너무 보드라워져서 다른 어떤 길도 걸어가기 어렵다. 무엇보다 사람이 인생을 그렇게 반듯하고 아름답게, 깔끔하게만 살 수는 없다. 자꾸 걸려 넘어지는 게 진짜 인생이다.

W
E 이
통증의
L
T
S C
약은
H
M
E 무엇일까
R ?
Z

WELTSCHMERZ

벨트슈메르츠(Weltschmerz, '벨슈메어츠'에 가깝게 발음한다).
영어로 world pain이라고 직역되는 이 단어를 처음 봤을
때 이 어마어마한 단어는 대체 뭐지 싶었다. 세계적 고통
이라니, 이런 단어가 있다고? 세계대전이나 전염병 같은
건가? 호기심이 생겨 찾아보니 일상에서 자주 쓰는 말은
아니고 문학 용어였다. 잔인하고 무자비한, 차갑기 그지
없는 거대한 세상 속에서 자신의 무력함을 느낄 때 밀려
드는 고통과 슬픔. 다시 말해서 나의 주체성과 자유를 파
괴하는 방식으로 작동하는 현실이 있고, 그런 현실의 파
도에 제대로 맞서지 못하고 속절없이 휩쓸리는 모래알
같은 내 모습에서 오는 마음의 통증을 말한다.

　독일 낭만주의 작가 장 파울이 1827년 소설 『셀리나
Selina』에서 처음 이 단어를 썼고, 단어 자체의 유무와는 별
개로 하인리히 하이네, 알렉산드르 푸시킨, 너새니얼 호
손, 오스카 와일드, 폴 발레리, 헤르만 헤세, 존 스타인벡
등 수많은 문학가의 작품에 형상화되었다. 유명한 고전

의 주인공들은 누구나 이 벨트슈메르츠를 껴안고 있으니, 어마어마한 이름들이 이 단어 아래로 모이는 것이 놀랄 일은 아니다.

　내 맘대로 안 되는 세상. 필연적으로 죽음을 향해가는 인간에게 이것은 진리에 가깝다. 그것도 나의 죽음뿐 아니라 너의 죽음이 내 차선으로 깜빡이도 켜지 않고 끼어드는 우리의 인생이라면 더더욱. 요가에서 가장 편한 자세라고 하는 사바아사나Savasana를 우리말로 '송장 자세'라고 한다. 송장처럼, 시체처럼 누워 눈을 감은 자세가 제일 편한 자세라는 것은 그저 눈꺼풀을 들어 올려 눈을 뜨고, 중력을 거슬러 일어나 앉고 걷는 이 모든 게 실은 편안하지 않은 자세라는 말이다. 삶은 기본적으로 불편과 통증을 동반하는 것이다. 그런 삶을 우리는 사랑한다.

　갓난아기가 태어나자마자 자지러지게 우는 것은 인생이라는 오페라의 서곡overture 같은 걸지도 모른다. 폐로 첫 호흡을 하게 된다는 이유도 있지만, 세상에 놓이는 과정에서 느끼는 첫 정서가 불안감과 충격이기 때문에. 호흡만의 문제라면 짧게 울고 멈춰야 하는데, 연약한 어린 생명은 하염없이 운다. 나이가 들고 몸이 커져도 세상 속 우리는 여전히 연약하다. 그래서 계속 운다. 누구나 부러워하는 자리에 있다고, 돈과 명예가 있고 친구가 많다고 해서 벨트슈메르츠가 사라지는 것은 아니다. 이 통증은 눈 녹듯 사라지는 종류의 것이 아니라 발현 시기를 기다리며 잠복하고 있는, 인류의 유전적 결함 같은 것이다. 아니, 결함이라는 말은 적절치 않은 것 같고 그보다는 삶의 조건에 가까운, 태생적으로 심장에 박혀 있는 못 같은 것이라고 할까. (제길.) 그 아픔에 다소 무딘 사람이 있고, 아주 예민한 사람이 있다.

세상에 내던져진 자로서 어쩔 수 없이 받아들여야 하는 통증. 이 통증의 약은 무엇일까? 태생적으로 예약된 아픔이라면, 고통에 대한 서술보다는 약을 찾는 쪽이 현명하지 않을까 싶어 주섬주섬 떠올려본다.

세상의 잔인함에 상처받은 영혼들이 대항할 수 있는 방법이라면 일단은 불평불만이 떠오른다. 담아두지 않고 꽥 소리 지르는 것. 제일 쉬운 방법이기도 하고, 독일 사람들의 특기이기도 하다. 미국에서 살다 오니 특별히 느껴지는 부분이 있는데, 미국인들은 주로 칭찬으로 스몰 토크small talk를 시작하는 반면 독일인들은 누군가 쏘아 올린 불평에 자신의 불평을 한마디씩 보태며 낯선 이들과 유대감을 나눈다는 점이다. 미국에서는 전혀 모르는 사람에게 "그 옷 어디서 샀어요?", "귀걸이가 참 예쁘네요", "아기가 너무 사랑스러워요" 같은 보드랍고 긍정적인 말을 건네며 하하 호호 미소의 그물을 엮는다면 독일인들은 "여기 사람들 길게 줄 선 것 안 보여요?", "나 원 참!" 절레절레 고개를 흔들고 불만 가득한 눈빛을 교환하면서 하나가 된다. 반짝 빛났다가 사라지는 칭찬과 미소의 그물보다 '저기에 나쁜 놈이 있다, 모이자!' 하며 불평으로 하나 되는 이 연대감의 그물이 왠지 더 질겨 보인다. 미국 사회의 공기가 '왓 어 원더풀 월드, 위 아 더 월드'였다면, 독일 사회의 공기는 '세상이 왜 이 따위야, 낄낄' 이런 느낌이랄까. (독일인이 불평하지 않으면 그 사람은 아픈 거라는 농담이 있다.)

어릴 때부터 상대의 눈치를 보고 기분 상하지 않게 돌려 말하는 기술을 자연스레 익혀온 조선의 셋째 딸인 나는, 매사에 불평불만이 많고 그걸 드러내기를 꺼리지 않는 독일 사람들이 신기하다. 에헤헤주의자로서 솔직히 그들의 무뚝뚝한 표정과 태도에 상처도 종종 받는다. 기본적으로 비판과 논쟁을 불편해하는 사람이라면 독일에서의 삶이 꽤 힘들 수도 있다. 한 반의 학부모들이 처음으로 담임선생님을 만나는 자리인 엘턴아벤트Elternabend에서 사람들이 선생님과 학교에 대한 불만을 강하게 어필하는 경우도 봤다. 독일어를 잘 못 알아듣는 귓구멍을 가졌기에 더욱 조마조마한 마음으로 동공에 닥친 지진을 관리하다가, 마지막에는 아무 일도 없었다는 듯 모두 환하게 웃으며 인사하고 정리하는 모습을 보고 어리둥절했다. 내가 못 알아듣는 사이에 모두 초고속 화해를 했나 싶었는데 그게 아니었다. 독일 사람들은 기본적으로 서로의 지적질과 불만에 그다지 깊이 상처받지 않는 듯하다. 나를 향한 불만이 당연히 달갑지는 않겠지만, 할 말은 하고 잘 싸운다.

더 중요하게는 논리와 감정을 절연하는 능력이 있달까. 우리는 흔히 내 의견에 대한 반박을 나라는 인간 자체에 대한 불만과 도전으로 여긴다. 그래서 곧바로 "당신 몇 살이야!"가 솟구쳐 올라오거나 "어쩜 나한테 그런 말을 할 수가 있어…"가 주르륵 쏟아지는 것이다. 너의 논리를 부숴주마, 하나하나 탈탈 털어가며 입씨름을 하고 난 독일 사람들이 다음 날 아무 일도 없었다는 듯 마치 간밤에 화해한 연인처럼 미소를 주고받는 건, 독일 사람들이 소시오패스라서가 아니다. 이들은 네 의견에 대한 반박은 너에 대한 내 감정과는 다르다는 태도를 가진 것 같다. 그리고 이건 굉장히 중요한 싸움의 기술이라고 생각한다.

일단 소리를 꽥 지르고 맞붙어 싸우기. 논리와 감정 사이에 선 긋기. 누군가의 부정적 평가를 나 자신의 본질에 관한 문제로 쉽게 치환하지 않기. 이게 세상이 우리를 거칠게 대할 때 가져야 하는 첫 번째 자세인 것 같다. 나는 아직도 이게 잘 안 된다. 뭐 괜찮다. 이럴 땐 독일의 거친 맥주가 세상을 보드랍게 만들어주니까. (사실 벨트슈메르츠의 좋은 약은 술이라고 쓰고 싶지만 너무 주정뱅이 같으니까 참기로 한다.)

두 번째 자세로는 그럼에도 불구하고 '자연'이라는 세상의 섭리를 거스르지 않는 태도를 꼽고 싶다. 그렇게 불평불만이 많은 독일 사람들이 유독 너그러운 부분이 있다면 날씨다. 독일 날씨는 우중충하기로 악명이 높다. 여기 살다 보니 독일에 왜 그토록 고뇌하는 철학자가 많았는지, 독일인들이 왜 최초로 아스피린이라는 두통약을 만들었는지 알 것 같다. 겨울은 끝없이 이어지고, 일주일 내내 행여 햇살 한 줄기라도 샐까 봐 촘촘히 비 소식이 이어지는 일기예보도 잦다. 그렇게 며칠 내내 강풍을 동반한 진눈깨비가 쏟아지면 세상은 그야말로 하나의 거대한 진흙탕이 된다. 한국의 4월은 벚꽃이 흩날리는 보드랍고 환한 달이건만, 독일의 4월은 지옥 훈련의 달이다. 아프릴베터Aprilwetter, 즉 '4월 날씨'라는 속어가 생길 만큼 변덕이 심한데, 하루에도 몇 번씩 천국과 지옥을 오가는 날씨를 경험하다 보면 세상이 왜 이러냐는 소리가 절로 나온다. 아침에는 패딩을, 점심 무렵에는 반팔을, 저녁에는 흐르는 코를 닦으며 목도리를 찾게 되는 롤러코스터 같은 날씨. (하루에 봄 여름 가을 겨울의 사계절을 모두 만끽할 수 있는 놀라운 기회입니다, 고객님!) 옷은 껴입었다가 벗기라도 하지, 아침에 신었던 두꺼운 겨울 양말을 점심에 보면 이 털 양말을 찾아 신었던 아침의 내가 미친놈처럼 느껴진다. 우박은 또 어찌나 자주 내리는지. 우박이 내리는 소리를 듣고 있으면 우와, 저걸 제대로 맞으면 머리에 구멍이 나고 피가 솟구칠 것 같아서 변태처럼 마음이 설렌다.

그런데 앞서 밝혔듯 독일 사람들이 유독 날씨에는 별로 불평불만이 없다. 날씨에 관해 걱정은 하지만 불평은 잘 안 한다. 비가 와도 웬만해서는 우산을 쓰는 법이 없다. 그리고 비가 와야 농사가 잘되고 생명들이 잘 자란다며 무척 관대한 얼굴을 한다. 비가 오는 날에도 우비를 입고 자전거를 타는 사람들이 많은 걸 보면 (엉덩이에까지 진흙이 무지하게 튄다) 워낙 이 나라에 별로 재미있는 게 없어서 저렇게라도 수중 스포츠를 즐기는가 싶기도 하다. "날씨는 우리가 선택할 수 없는 게 당연하지. 거기에까지 불평할 수는 없어." 나는 불평불만 1급 자격증 소지자인 독일인들이 날씨에만큼은 꽤 관대한 것이 마음에 든다. 불평할 수 있는 부분, 고칠 수 있는 부분에는 목소리를 높이지만 자연의 힘 앞에서는 미소를 띠는 것.

"당연하지(Natürlich, 나튀얼리히)!"라는 말은 자연Natur에서 왔다. 자연스러운 것이 당연한 것이다. 그러니 이 거지 같은 날씨도 당연한 것이다. 멀지 않은 이웃 동네에 가끔 술친구로 만나는 한국인 물리학자가 산다. "제가 물리학자로서 내세울 것이 있다면 외모뿐인 것 같아요"라고 말하는 이 유쾌한 물리학자에게, 독일에 살면서 재미있다고 생각한 단어가 있었는지 묻자 바로 이 단어가 튀어나왔다. "나튀얼리히! 저는 이 단어가 가장 재미있고 신기해요. 우리는 자주 잊고 사는데, 당연은 사람이 만든 게 아니라 자연에서 오는 거죠." 그러고 보니 우리의 당연當然이라는 말 속에도 자연自然의 연然 자가 들어간다. '그럴

연然'을 숨겨놓은 '당연'보다는 자연Natur을 전면에 내세운 '나튀얼리히'가 우리에게 불평불만의 선을 어디에 그어야 하는지 더 잘 알려주는 것 같다. 지천명知天命과 종심從心과 상선약수上善若水, 그 모두가 실은 '당연은 사람이 만든 게 아니라 자연에서 오는 것'이라는 사실을 알려주는 다른 말들이다.

누가 나에게 벨트슈메르츠라는 통증의 약을 묻는다면 뭐라고 답할 수 있을까. 불평불만도 좋고 당연도 좋은데, 무엇보다 행복과 불행이 이어져 있음을 깨닫는 것이 가장 중요하지 않을까 생각한다. 이것이 정치철학을 공부한 사람으로서 내가 벨트슈메르츠를 껴안는 방법이다. 물리학자가 자연법칙에서 당연스러움을 보듯이, 철학자들은 행복과 불행이 실은 이어져 있음을 끊임없이 밝혀왔다. 한 천체물리학자는 진짜 돌아버릴 것 같을 때 지구도 그렇게 돌고 있다고 생각하면 위로가 될 거라고 했다. 그렇게 우리는 각자 자신이 가장 잘 이해하는 방식으로 벨트슈메르츠를 껴안는 법을 자연스럽게 모색하고 있나 보다.

우리는 불행을 다른 불행으로 덮으며 힘겹게 나아가

기도 하고, 하얗고 빨간 거짓말을 약처럼 먹고 먹이며 살기도 한다. 거짓말이 절대악은 아니다. 악이 아니라 오히려 약이 될 때가 있다. 하얀 알약처럼, 새빨간 소독약처럼. 순한 자기기만, 긍정적 착각, 작은 꽃봉오리 같은 거짓말은 삶을 더 힘차게 살 수 있게도 해주니까. 하지만 보다 근본적인 치료법은 '이어져 있음'을 깨닫는 것이라고 믿는다. 행복과 불행은 물과 기름처럼 정확히 나뉘는 것이 아니라 구분이 불가능한 하나의 덩어리에 가깝다.[*] 무엇보다 나의 행복은 너의 불행을 먹고 피어날 수도 있다는 아찔한 사실을 우리는 가끔 잊기도 한다. 행복은 혼자만의 세계가 아니라는 점을.

정유정 작가는 『완전한 행복』에서 행복에 이르고자 불행의 요소를 모두 제거하려고 했던 한 여자의 이야기를 그려냈다. (스포일러 있습니다! 소설 읽으실 분은 이 단락 건너뛰세요.) 소설 속 등장인물 신유나에게는 자신만의 단단하고도 완전한 행복의 이미지가 있었고, 거기에 반할 가능성이 있는 것은 그것이 애인이든 남편이든 아버지든 제거

---

[*] 서은국 교수가 『행복의 기원』에서 말하듯, 불행의 감소와 행복의 증가는 서로 다른 별개의 현상이므로 불행하다고 해서 행복할 수 없는 것도 아니다.

해 버려야 했다. 다시 말하자면 그에게 살인은 '행복을 향한 노력'이었던 것이다. "왜? 누구나 행복하게 살 권리가 있잖아." 누구든 흔히 할 수 있는 이 말을 신유나의 입에 넣어보면 등골에 소름이 쫙 끼친다. 나에게 행복이었던 네가 어느새 내게 불행이 되는 일, 나의 행복과 너의 행복이 가끔은 양립할 수 없는 형태로 구성되는 일은 종종 발생한다. 이 소설은 그렇게 행복과 불행이 이어져 있다는 사실, 특히나 우리 개개인의 행복과 불행은 무척 다양한 방식으로 얽혀 있다는 사실을 기괴하고 잔혹한 방식으로 깨우쳐준다. 작가의 말에서 정유정은 "한 인간이 타인의 행복에 어떻게 관여하는지, 타인의 삶을 어떤 식으로 파괴할 수 있는지 보여주고 싶었[다]"라고 썼다. 세상은 너만의 행복을 찾으라고 소리 높여 말하지만 사실 나의 행복이란 얼마나 타인과 직결되는 문제인가. 나의 행복이 나만의 행복일 리 없다. 개인은 모두 고유하고 사랑스러운 존재이나 나만 특별하고 나만 행복할 수는 없다. 실은 이것이 우리가 벨트슈메르츠를 마음 깊이 느끼게 되는 이유다.

고통과 불안은 인간 삶의 조건이기 때문에 완전히 제거할 수 없듯이, 행복을 위해서 불행을 완전히 제거하는 것도 불가능하다. 그렇다면 어쩌겠는가, 그냥 살아가는 수밖에. 앞서 등장했던 발레리와 푸시킨의 시구처럼 "바람이 분다, 살아봐야겠다", "삶이 그대를 속일지라도",• 이런 결론에 다다르게 되는 것이다.

이 결론이 영 마음에 들지 않아 독일인들처럼 입을 내밀고 불평을 하고 싶다면, 그야말로 행복해지기 위한 약인 '소마'를 떠올려보면 어떨까? 올더스 헉슬리의 소설 『멋진 신세계』의 배경은 기술 문명이 어마어마하게 발달한 미래 사회다. 이 세계의 사람들은 고민이 있을 때 소마라는 약을 먹는다. 열 가지 우울증을 치료하고, 호르몬과 젊은 피를 수혈해 주는 약. 부작용 없이 행복감만 주는 약. 걱정이든, 불안이든, 분노든, 모든 것을 잠재우는 약. 사람들은 이 약을 찬양한다.

반공일(半空日, 오전에는 일하고 오후에는 쉬는 날)에는 반 그램, 주말에는 일 그램, 호사스러운 동방으로 여행하고 싶으면 이 그램, 달나라의 영원한 암흑 속에서 잠자고 싶으면 삼 그램. 돌아오면 혼란의 터널은 깨끗이 사라져 있는

• 폴 발레리, 「해변의 묘지」. 알렉산드르 푸시킨, 「삶이 그대를 속일지라도」.

것이다.

　한편 옛 방식대로 아기를 낳고 자연 그대로 늙어가는 사람들이 있는 야만인 보호 구역에 살던 존 세비지는 그런 약이 있는 문명 세계를 동경했다가, 소마를 20그램이나 먹고 환각 상태에 빠진 어머니 린다의 죽음을 마주하고 충격에 빠진다. 그는 소마를 배급받기 위해 모여 있는 사람들에게 가서 소마는 행복을 주는 약이 아니라 독약이라고 외친다. 그러다 체포되어 총통 앞으로 끌려간 존이 "인간으로서 불행해질 권리"를 요구하는 장면이 이 소설의 하이라이트다. 늙고 추악해지고 병에 걸릴 권리를, 배고플 권리를, 내일이 어떻게 될지 끊임없이 걱정하며 살아갈 권리를, 그리고 온갖 고통으로 괴로워할 권리를 존은 요구한다.

　행복하기만 한 세상은 과연 행복할까? 이 소설은 걱정을 거세하고 불행을 잘라낸 결과로 얻은 행복이 진짜 행복일 수 없음을 보여준다. 행복은 그렇게 과학과 통제에 의해 알약처럼 생산되는 게 아니라는 진실을. 그렇다면 인간에게는 정말 불행할 권리가 필요할까? 실은 불행이 없다면 행복도 없다는 몹쓸 진실이, 벨트슈메르츠라는 통증의 숨겨진 발병 이유다. 사랑이 없다면 수많은 불면의 밤과, 지우고 싶은 흑역사와, 이별에 수반되는 눈물 콧물도 없을 텐데, 우리는 이 세상에서 과연 사랑을 폐기처분할 수 있을까? 불행이라는 늪을 통과한 인간이 진정한 행복의 기쁨을 맛볼 수 있다는 사실 앞에서 우리는 과연 소마를 선택할 수 있을까?

"아인말 이스트 카인말Einmal ist keinmal." 한 번 일어난 일은 전혀 없었던 일과 마찬가지라는 독일 격언이 있다. 밀란 쿤데라의 소설 『참을 수 없는 존재의 가벼움』에서 남자 주인공 토마시가 곱씹는 말이기도 하다. 이 독일 격언이 사실이라면, 우리의 인생은 단 한 번뿐이므로 우리의 삶도 없었던 일이 된다. 인간 삶의 참을 수 없는 가벼움이다. 우리의 인생이 단 한 번뿐이라는 사실은 양쪽으로 튈수 있다.

인생을 단 한 번 산다면 아무렇게나 살아도 된다.

인생을 단 한 번 산다면 결코 아무렇게나 살 수 없다.

소설 속에서 끊임없이 변주되면서 등장하는 가벼움과 무거움의 대비는 이런 의미다. 인생이 한 번뿐이므로 누군가에게는 참을 수 없이 가볍게, 누군가에게는 참을 수 없이 무겁게 다가온다.

　가벼움과 무거움도, 행복과 불행도, 모두 이어져 있다. 이 고약하고도 묘한 진실 앞에서 당신은 어떤 선택을 할 것인가. 참고로 나의 선택은 '맥주 나라의 특별한 주문'이라는 글에 등장했던 말, "나 단, 프로스트!Na dann, Prost!"다.

S

독일을

i

C

H

E

독일답게

R

하는

H

E

단어

i

T

SICHERHEIT

독일을 독일답게 하는 단어 지허하이트(Sicherheit, 실제 발음은 '지혀하이트'에 가깝다). 우리가 독일 제품을 떠올릴 때 대표적으로 생각나는 형용사들이 있다면 아마도 그 총합이 바로 지허하이트일 것이다. 안전하고 견고하고 믿을 수 있는 그런 느낌. 지허하이트는 대표적으로 '안전, 안전성'이라고 번역할 수 있지만 영어로 security, safety, reliability, certainty, guarantee 등의 의미가 모두 포함된 넓은 개념이다. (쓰고 보니 홈쇼핑 쇼호스트들이 좋아할 만한 궁극의 단어다.) 나라를 인물에 비유한다면 독일은 취미로 철인 3종 경기를 즐기는 단단하고 체격 좋은 아저씨가 떠오르는데, 그가 입고 있는 슬림핏 스포츠 셔츠의 너른 등짝에 박혀 있으면 어울릴 것 같은 단어다.

낯선 땅에 살게 된 사람이 귀를 쫑긋 세우고 듣게 되는 이야기가 바로 그 나라의 독특한 문화나 사람들의 습성일 텐데, 나보다 앞서 이곳에 정착한 이들에게 전해 들은 독일 이야기는 대체로 세 가지 주제로 모였다. 하나,

독일인들은 무뚝뚝하고 차갑지만 한번 마음이 열리면 그 관계가 무척 오래간다. 둘, 시스템이 느려터졌다. 한국에서 왔다면 특히 마음 단단히 먹어야 한다. 그렇지만 제대로 돌아가는 게 없는 것 같은데도 의외로 꾸준히 돌아가긴 한다. 셋, 앞으로 안전, 규칙, 대비, 보안, 이런 것들에 관한 독일인들의 열정과 광기를 보게 될 것이다. 그러고 나면 이야기가 대체로 다음의 결론으로 귀결되곤 했다. 그래서 말인데 빨리 보험 드세요. 여기서 보험 안 들면 살기 어렵습니다.•

　이 세 가지 이야기는 사실 하나로 이어져 있다고 본다. 독일 사람들은 서두르지 않으면서 뭔가를 견고하게 만들어가는 편이라는 점, 속도와 효율보다는 지속성과 안전성을 중시한다는 점. (그러나 제발 속도나 효율도 조금만 고민해 주면 좋겠다. 인터넷 신청이 과연 몇 달씩이나 걸릴 일인가. 그리고 그렇게 신청한 인터넷의 속도가 이리도 라르고와 아다지오일 일인

•　의무로 들어야 하는 건강 보험이나 자동차 보험, 부동산 소유주의 화재 보험 외에도 독일에 거주하는 사람이라면 두 가지 보험을 꼭 드는 편이다. 하나는 자신 또는 가족 구성원이 제삼자에게 끼친 신체적, 재산적 피해를 보상하는 책임 보험이고(만 7세 이하의 자녀가 밖에서 파손한 물건을 보상한다든지, 다세대주택에서 현관 열쇠를 분실했을 때나 업무용 카드키를 분실했을 때 발생한 피해 같은 것을 보상할 때 주로 쓴다), 다른 하나는 민형사 분쟁 비용을 보장하고 법률 자문을 제공하는 변호사 보험이다.

가.) 세상에 호들갑 떨어서 잘되는 일은 하나도 없다는 신조를 가진 나와는 그럭저럭 합이 맞는 성향인데, 해를 거듭해 살다 보니 안전에 관한 마지막 부분이 특별히 색다르게 다가온다.

프랑스 요리사, 영국 경찰관, 독일 기술자가 있는 곳이라면 천국이지만 영국인이 요리를 하고, 프랑스인이 차를 고치고, 독일인이 경찰관인 곳이라면 그곳은 지옥이라는 농담이 있다. 독일인들이 유머에 등장할 때는 늘 이들의 숨 막히는 꼼꼼함과 결코 호락호락하지 않은 회의적 태도가 단골 소재다. 잘 웃지도 않는 양반들이 눈을 빛내며 규칙을 설명해 줄 때면 아직 아무것도 하지 않았는데 혼나는 기분이 들기도 한다.

필요한 물건이 끊임없이 쏟아져 나온다는 도라에몽 주머니는 독일인의 배낭을 소재로 한 것이 틀림없다. 지하철 에스컬레이터를 타면 멋 따위는 포기하고 오로지 실용성과 내구성만을• 생각한 듯한 (사실은 그게 멋인 것 같다) 거대하고 튼튼한 배낭들이 코앞에 놓이곤 하는데, 그 안에 뭐가 들었는지 궁금해질 때가 많다. 가끔은 여분의 신발이 한 켤레 대롱대롱 매달려 있기도 해서, 안전거리

확보에 주의해야 한다. 물론 그놈의 것들을 거뜬히 메고 다닐 수 있는 체력은 기본이다. 나는 지난봄에 아이가 앉을 수 있는 시트가 부착된 거대한 백팩 꼭대기에 아이를 한 명 태워서 둘러메고, 다른 아이는 유아차에 태워 밀면서 혼자 산을 오르는 독일 엄마를 보고 입을 떡 벌린 적이 있다.

데이트하다가 갑자기 전쟁이 나도 둘이서 너끈히 살아남을 수 있을 법한 물건들이 모두 들었다는 독일인 애인의 배낭 이야기며, 소화기와 화재경보기 설치에 열정과 광기를 선보이는 독일 아버님들 이야기를 주위에서 익히 들어왔다. 설치뿐 아니라 유지 관리에도 그 열정은 사그라들지 않아서, 설날에 방마다 세뱃돈 준다고 이야기하는 분도 계셨다. 매년 1월이 되면 적지 않은 돈을 들

• 초등학생이 메는 책가방도 안전성과 내구성을 최우선에 둔다. 아무 책가방이나 사면 안 되고, 안전 표준에 맞는 제품을 구입해야 한다. 이를테면 등하굣길 안전을 위해 외부 면적의 최소 20페센트 이상이 형광색이어야 하고, 일정 면적 이상의 반사띠가 있어야 한다. 그 결과로 예쁨이라든가 귀여움이라고는 당최 찾아보기 어려운 모양새를 하게 되는데, 심하게 튼튼하다. 불의의 교통사고를 당했을 때 아이들이 날아가지 않도록 아래쪽이 무겁게 되어 있기 때문에 빈 가방 무게만 1-2킬로그램에 달한다. 여기에 책과 공책, 간식과 물통을 챙겨 넣으면 꼬마들이 거의 바윗돌 하나씩을 짊어지고 다니는 셈이다. 아이들이 땅에 박히는 게 아닐까 염려되는데, 독일 아이들은 이 시련 속에서도 꿋꿋하게 자라 전 세계적으로도 꿀리지 않는 평균 키를 장착한다.

여 각 방과 거실의 화재경보기를 새것으로 바꾸기 때문이라고 했다. 결혼 5주년마다 소화기를 점검하고 10주년마다는 새로 바꿔야 한다는 어느 독일 아저씨의 농담을 듣고, 이 사람들은 정말 재난 대비에 진심이구나 생각했다. 물론 개인 성향에 따라 다르기도 하고 이젠 더 이상 예전의 독일이 아니라고도 하지만, 내 주변에서 이미 간증이 많은 걸 보면 적어도 한국과는 분위기가 많이 다른 것 같다. '살면서 뭐 그리 큰일이 나겠나'의 나무늘보 마음가짐을 가진 자로서, 특히 안전 불감증이 지병인 한국인으로서, 독일인들의 안전과 대비에 관한 열정은 가끔씩 나를 놀라게 한다.

지진과 태풍이 잦은 일본에 사는 친구에게서 '생존 배낭' 이야기를 흥미롭게 들었다. 재난 상황이 닥쳤을 때 딱 그것 하나만 들고 나갈 수 있게 평소에 필수품을 꾸려서 현관에 놓아두는 가방을 말한다. 재난은 나라를 가리는 건 아니니까 우리 집에도 하나 꾸려두면 좋겠다 싶어 다른 모임에서 이 이야기를 화제로 올린 적이 있다. 그랬더니 가족 여행을 갈 때 독일인 배우자가 거의 '생존 캐리어'를 꾸리는데 환장하겠다는 이야기가 나와 웃음이 터졌다. 가뜩이나 무게 제한이 있어서 자리도 부족한데, 쓰지도 않을 것들을 마치 독립군이 독립 자금 꾸리듯 소중하고도 비장하게 챙겨 넣는다고. 깔깔 웃으면서도 그 집 아이들을 떠올렸다. 너희들은 조금 더 든든히 보호받으면서 무탈하게 클 수 있겠구나. 안전을 챙기는 마음은 결국 사랑의 마음이니까.

모든 이들이 안전해야 하지만, 특히 아이들이 안전하게 자랄 수 있도록 살피는 것은 어른의 일이자 사회의 책무다. 위험에 대비하고 자신을 지킬 줄 아는 능력은 독일 교육과정에서 체계적으로 강조되는 부분이다. 어쩌다 여기에 살고 있지만, 독일 교육과정에서 내가 특히 고마워하는 부분이다. 일단 독일의 모든 초등학교 학생들은 수영을 하고 자전거를 탈 줄 알아야 한다. (내가 자전거도 못 타고 수영도 잘 못한다고 했더니 웃으면서 "아, 너 한국에서 왔니?"라고 묻던 독일인이 있었다. 함께 웃으면서도 이 맥락은 무엇이지, 왠지 아찔한 느낌이 들었다.) 2-3학년부터 생존 수영을 의무적으로 교육하는데, 수영장이 있는 초등학교는 교내 수영장에서, 없는 학교는 버스를 타고 인근 수영장으로 이동해서 수업한다. 멋진 폼으로 빠른 기록을 내는 것에 초점을 두는 것이 아니라 물을 두려워하지 않고 자신을 지

킬 수 있는 능력에 중점을 둔다. 고등학교를 졸업할 무렵
엔 호수나 강에서도 오랜 시간 자연스럽게 수영할 수 있
게 된다고 한다.

초등학교 졸업 전에 자전거 면허를 따는 것도 필수적
인데, 독일에서 자라는 아이들은 열 살 무렵 생애 최초의
운전면허증을 따면서 교통 안전 교육을 받는다. 교통경
찰들이 학교로 파견되어 자전거 면허를 딸 수 있는 교육
과정을 진행하고, 인근에 자전거 실기 시험을 위한 실습
장이 없다면 학교에 시험장을 설치한다. 새로 이사한 집
은 부엌이 2층에 있는데, 지난봄에는 밑반찬을 만들고 빵
을 구우면서 졸업반인 4학년 아이들이 시험에 대비해 도
로 연수를 하는 모습을 종종 볼 수 있었다. 노란 안전 조
끼를 입고 헬멧을 쓴 채, 선생님과 학부모 도우미들의 감
독하에 자전거를 타고 줄지어 동네를 도는 모습이 꼭 엄
마 오리를 따르는 아기 오리들 같았다.

그렇게 아이가 필기와 실기 시험을 잘 마치고 무사히
면허를 땄다기에 그런 줄 알았더니, 거기서 끝나는 게 아
니었다. 아이들이 가지고 있는 자전거가 도로에서 타기
에 적합한지 검사를 받는 최종 절차가 남아 있었다. 타이
어 공기압과 브레이크는 기본이고 벨, 전조등과 미등, 자

전거의 앞뒤에 붙이는 희고 붉은 안전 반사판, 페달에 부착하는 반사판 등등. 결함이 없고 준비가 잘되어 있으면 경찰이 안전 검사에 통과했다는 스티커를 발부해 주지만 그렇지 못한 경우에는 부족한 부분을 보충해서 다시 검사를 받아야 한다는 안내문이 전달되었다. 아이의 자전거는 비교적 최근에 바꾼 새것이라 무사히 통과했으려니 싶었는데 아니었다.

"왜? 뭐가 더 있어야 된대?"
"고양이 눈이 부족하대."
"두 개나 붙어 있는데?"
"앞에랑 뒤에 두 개씩 필요하대."

세상에, '고양이 눈'이라고 부르는, 바큇살에 부착하는 타원형의 그 조그만 오렌지색 반사판이 글쎄 앞바퀴 뒷바퀴에 각각 두 개씩, 총 네 개가 붙어 있어야 한다는 것이었다! (아니 고양이 눈은 원래 두 개 아닙니까?)

어쨌든 그런 절차를 모두 통과한 아이는 지나가는 자전거를 지적질 하기 시작했다. 저 자전거는 고양이 눈이 부족해, 반사판이 뒤에도 있어야지, 자전거 탈 때는 밝은

옷을 입어야 한다고. 게다가 원래도 훈수 두기가 취미였는데 도로 교통 안전 교육을 제대로 받은 이후로는 엄마 아빠가 차를 운전하면 안전 운전에 관한 주의와 당부, 교통 상황에 관한 해설이 뒤통수에 더욱 생생하게 꽂히기 시작했다. 도로 교통 표지판은 1-2학년 때부터 배우기 때문에 둘째도 합세하면 더욱 다이내믹한 스테레오 방송이 뒷덜미에서 재생된다. "아빠, 서야지!" "여기는 속도가 80이어야 돼!" "표지판 못 봤어?" "엄마, 앞에 길이 막혀 있대." 그래, 너희의 예쁜 입도 잠시만 막혔으면 좋겠구나.

지난겨울에는 아이가 독일어 시간에 사고 리포트 작성하는 법을 배우고 연습해서 시험을 보기도 했다. 날짜, 시간, 날씨, 장소를 제일 먼저 쓰고, 몇 세쯤 되어 보이는 누구가 어디서 어느 방향으로 가고 있다가 무슨 이유로 다쳤는지를 기록하고, 사고를 당한 사람은 어떤 상태였고 어디를 얼마나 다쳤는지, 목격자는 누구였고 그 사람이 어른이나 경찰을 불렀는지, 어떤 구호 조치를 취했는지 등을 순서대로 적는 법을 되풀이해 연습했다. 그런 글에는 사실만을 기록해야 하고 나의 감정이나 판단을 적으면 감점이 된다는 것까지. 국어 시간에 시와 소설, 설명

문과 논설문은 배웠지만 사고 기록 보고서를 배운 적은 없는 나에게는 신선했다. 누구나 목격자가 될 수 있고 일상에서 자주 일어나는 일인데, 이건 참 중요한 교육이구나 싶었다. 독일에는 늘 창밖을 내다보는 할머니, 건넛집을 지켜보는 할아버지들이 계셔서 CCTV가 필요 없다는 농담이 있는데, 이게 꼭 무섭거나 기분 나쁠 일만은 아닐 수 있겠다는 생각도 잠시 들었다. (그러나 아주 잠깐 들고 말았다. 집에서 반사회적 몰골을 하고 있는 저를 그렇게 쳐다보지 말아주세요.)

아이가 사고 리포트 작성법을 배운다는 이야기를 했더니, 연구소에 다니는 반려인이 냉큼 자신의 경험을 얹어주었다. 실험을 하다가 눈에 약품이 살짝 튀어서 "아, 눈에 뭐가 들어간 것 같아!"라고 했더니 옆에 있던 석사과정 학생이 벌떡 일어나 괜찮은지를 확인하고서는 갑자기 어디론가 뛰어가더니 영수증처럼 생긴 기록 용지를 들고 오더란다. 날짜와 시간, 장소, 대상자와 증인을 꼼꼼히 적어두고, 어떤 성분이 눈에 들어간 것으로 보이며, 간단히 눈을 세척했다는 기록을 남기면서 이걸 꼭 남겨두어야 한다고, 책임자인 자기보다 더 책임자처럼 대처하는 모습을 보였다고. 그 모습이 기특해서 물어보았더니,

자기는 어렸을 때부터 이런 걸 배웠기 때문에 몸에 익어 바로 행동이 나오는 것 같다고 했단다.

화제가 그쪽으로 흘러 다른 얘기도 들을 수 있었는데, 연구소 책임자들과 안전 관리 담당 부서가 주기적으로 모여 안전 문제를 토론한다는 점도 흥미로웠다. 평화로울 때 최악의 상황을 가정하고 대책을 세운다고 했다. 코로나와 러시아-우크라이나 전쟁을 겪으면서는 각 부서의 리더들이 모여 팬데믹이나 전쟁 상황을 어떻게 대비해야 하는지 논의했는데, 전쟁이 나면 무엇부터 어디로 옮겨야 하는지가 중요한 이슈였다고 한다. 수천만 원짜리 기계들을 다루는 반려인은 전쟁이 나면 이런 고가의 기계들을 어디론가 따로 옮겨야 되는 걸까 고민했는데, 즉각적으로 돌아온 답은 다음과 같았다 한다. "아니, 돈으로 할 수 있는 것 말고."

아무리 비싼 것이더라도 돈으로 다시 살 수 있는 것들은 무조건 버리고, 어떤 상황에서도 비상 전력이 돌아가는 가장 안전한 곳에다 돈으로 해결되지 않는 것, 돈으로 복구될 수 없는 것들을 먼저 채운다고 했다. 이를테면 만들기 어려운 귀중한 샘플, 보존해야 할 희귀한 결과물 같은 것을. 그가 덧붙였다. "사실 따지자면 3년씩 걸려서 어렵게 만든 샘플이 그 기계보다 비싸긴 해. 그걸 만들려면 훨씬 많은 돈과 시간이 들거든."

그렇게 주기적으로 만나 비상시에 착착 돌아갈 수 있게끔 굵직한 뼈대를 만들어 계획을 수립하고, 상황에 따라 다르게 살을 붙인 플랜들을 준비한다고 했다. 안전 관리를 담당하는 부서에는 군대나 회사에서 막사나 큰 물류 창고를 관리해 본 경험자들이 꼭 포함되는데, 이들이 화재나 침수 피해 등이 발생할 경우의 연구소 안전 관리와 대피 요령을 맡아 고민한다. 일상생활도 마찬가지. 실험실에는 꼭 두 명 이상이 들어가서 한 명이 쓰러지거나 사고가 나면 다른 사람이 보고할 수 있도록 하는 것이 원칙인데, 이것이 늘 가능하지는 않기 때문에 밤중에 혼자 실험실에 들어가야 하는 경우에는 만보기처럼 생긴 기계를 차게 하는 방안을 최근에 논의하고 있다고 한다. 이상 징후가 보이면 기계가 바로 감지해서 건물 관리자나 경호 인력 쪽에 보고한다고. 앱도 개발 중인데, 연구소에 의료 인력이 지금 어디에 있으며 누가 근무 중인지 파악하여 사고 시 가장 가까운 지점에 있는 의료 인력이 바로 출동할 수 있게 하는 걸 목표로 한다고 한다. 적어도 대처가 늦어서 사람이 죽지는 않겠구나 싶어 안심이 되는 부분이다.

우리 집 안전 관리 담당자는 누구일까. 같이 고민한다고는 해도 실제로 출동을 담당하는 것은 아무래도 평소에 집에 있는 시간이 많은 나일 텐데, 과연 얼마나 대비와 훈련이 되어 있는지 생각하면 부끄러움에 십이지장이 붉어진다. (원래 붉구나.) 방학에 가족과 한국에 갔다가 돌아온 지인은 아이들이 지하철에서는 지하철 안전 수칙을, 롯데월드에서는 놀이 기구 안전 수칙을 열심히 확인하는 모습을 보면서 독일에서 큰 애들이구나 하는 생각이 들었다고 했다. 우리 아이들도 놀이 시설이나 수영장에 가면 규칙부터 읽고(그리고 엄마를 지적하곤 한다. 엄마, 여기에 먹을 것 갖고 오면 안 된대!), 새로운 건물에 가면 현관에서 도면을 보는 게 취미다. 아이들에게 배워가면서, 함께 대비하고 서로를 보호할 수 있는 마음가짐으로 살아야겠다.

지허하이트라는 단어 주변의 이야기를 써 내려가면서, 독일 사람들은 자기들이 쓰는 언어와 굉장히 닮아 있다는 생각을 했다. 호기심이 많은 편이라 여러 나라의 언어들을 건드려보았는데 독일어는 굉장히 규칙적인 언어다 (그 규칙이 좀 많아서 그렇지). 발음도 정직하고 예외가 별로 없는 편이다. 영혼을 담는 그릇인 언어가 규칙적이라서일까. 독일 사람들 역시 예외를 두는 일에 엄격하고 규칙 안에 있는 것을 좋아한다. 이렇게 보면 언어가 우리에게 미치는 힘이란 얼마나 크고도 재미있는지. 프랑스어에서는 나비와 나방을 칭할 때 똑같은 단어 빠삐용을 쓴다고 한다. 그래서 사람들이 나방을 별로 무서워하거나 싫어하지 않는다고. 이렇듯 언어는 우리의 사고를 규정하고 행동 양식에도 중요한 영향력을 미치는 놀라운 시스템이다.

미국과 비교했을 때 독일에서 가장 아쉬운 점은 유연성과 그 안에서 놀라운 방식으로 튀어나오는 천재들의 창의성이라고 생각하는데, 안전 문제에 관해서만큼은 고지식함이 미덕일 것이다. 그리고 그런 고지식함이 현재 독일이라는 나라의 이미지를 만들지 않았을까. 이 글을 쓰고 있는 며칠 사이 우리나라에서는 19세의 청년 노동자가 또 아까운 목숨을 잃었다. 안전 조치나 교육을 제대로 받지 못한 채 일하다 변을 당했다고 유족은 말했다. 비슷한 죽음이 반복되는 사회를 만드는 것은 우리다. 모두의 무탈과 평안을 바란다.

축복으로 여겨지는 만큼의 소유란 ?

프랑스어가 사랑을 속삭이기 좋은 언어라면 독일어는 고함치기 좋은 언어라고 한다. 고등학교에 입학하고 제2외국어로 독어와 불어 중에서 하나를 선택해야 했을 때, 딱 저런 이유로 독일어를 골랐다. 사랑은 무슨, 고함을 지르자. 사랑은 말없이 눈빛으로 통하는 거지 무슨 말이 필요해. 하지만 화는 이유를 들어 똑바로 내야 하잖아? 반항적인 사춘기 소녀는 몽롱한 발음으로 혀를 고문하기보다는 진취적인 느낌으로 침을 튀기고 싶었다. 무엇보다 "여자는 불어고 남자는 독어지"라는 어른들 말씀에도 살짝 침을 튀기고 싶었다. 이제 중년의 아줌마는 안다. 사랑이 침묵과 동의어인 순간은 예외에 가깝고 대개는 침묵이 아니라 지긋지긋할 정도로 지속되는 대화이며, 기본적으로 소심한 인간은 지리산에서 (음?) 10년간 독일어를 수련해도 누군가에게 고함을 치기 어렵다는 걸.

어쨌든 독일어의 그런 이미지는 아직도 유효하다. 사람들은 말한다. 독일어는 분노의 언어라고, 늘 화가 난 것 같다고. 하지만 꼭 그런 것만은 아니다. 엄청나게 보드라운 단어도, 사랑스러운 단어도, 웃긴 단어도 많다. 독일에서 전하고 싶은 단어를 고르면서 우리말에는 없는 아름다운 단어를 한두 개쯤 소개하고 싶었다. 그렇게 단어의 보석함에 (독일어로 '어휘'를 뜻하는 보르트샤츠Wortschatz는 단어 Wort와 보물Schatz을 합친 말이다. 어휘는 곧 보물 상자라는 이 단어도 참 예쁘다) 손을 넣고 이것저것 매만지다 제일 먼저 골라낸 단어가 이 책의 첫 글인 파이어아벤트였다.

나머지 자리를 놓고 경합을 벌인 것은 합젤리히카이튼Habseligkeiten과 게보르겐하이트(Geborgenheit, 실제 발음은 '게보어겐하이트'에 가깝다)인데, 공교롭게도 2004년 괴테 인스티튜트에서 전 세계인을 대상으로 가장 아름다운 독일어 단어를 꼽아달라는 질문에 1, 2위를 차지한 단어들이다. 3위는 리벤(lieben, 사랑하다)이었는데 이유가 깜찍하다. "It is only an 'I' away from Leben." 삶Leben이라는 단어에 '나I'를 밀어 넣을 때 우리는 사랑을 한다는 말. 영어라는 세계에 독일어를 밀어 넣을 때 가능한 이런 해석은, 외국어라는 세계를 사랑하는 사람에게 주어지는 작은 선물이다. 외국어를 익히는 일은 만만치 않다. 특히 현지에서 살아야 하는 이들에게 그 나라 언어의 습득이란, 이국적

해변에서의 낭만적인 스노클링이기보다는 대개 고통의 바다에서 짠물을 마시며 어푸어푸 헤엄치는 일이다. 하지만 가끔 이렇게 반짝이는 진주를 만날 수 있어 행복하다. 언어'들' 사이를 거닐 때만 거둘 수 있는 보석들. 우리는 그렇게 만난 보석을 보르트샤츠에 담아둔다.

원래는 미소 없이 발음할 수 없는 단어, 게보르겐하이트를 고르고 싶었다. 든든함, 아늑함, 사랑, 친밀감, 열린 마음 같은 것들을 모두 포함하는, 그야말로 도톰하고 보드라운 극세사 담요 같은 단어다. 완벽하게 안전한 기분이자, 따뜻한 보살핌을 받으며 믿음과 사랑을 나누는 느낌이라고 한다. 눈보라가 치는 겨울밤, 부엌에서 빵 굽는 냄새가 솔솔 나는 훈훈한 거실을 상상해 보자. 거기에 흔들의자를 놓고, 그 위에는 편안하게 흔들거리며 함께 그림책을 보는 엄마와 아이도 배치해 본다. 엄마 무릎에 앉아 엄마가 읽어주는 책을 바라보는 아이가 느끼는 감정이 아마 게보르겐하이트에 가깝지 않을까? 미소 짓지 않고 이 단어를 발음하는 건 불가능하다는 말을 들었다. 게보르겐하이트, 하고 입에 담아보니 정말 웃는 것처럼 입꼬리가 올라간다. 이렇게 괜스레 행복해지는 단어가 있다니. 그런데 이런, 막상 글을 쓰려니 거기까지였다. 너무 충족감을 느낀 나머지 완벽하게 안전한 기분으로, 미소를 지으며 흡족하게, 그만 쓰고 싶어지는 단어랄까. 단어의 품에 안겨 그냥 잠들고 싶어지는 느낌.

반면 합젤리히카이튼은 이야기의 샘이 깊었고 자꾸 뻗어나가는 단어였다. 합젤리히카이튼은 물질적 측면뿐 아니라 정신적인 부분까지를 모두 포함하는 의미에서의 소유를 뜻한다. 소유의 물질성보다는 오히려 무언가를 소유하는 데서 오는 감정에 밑줄을 긋는 단어다. 나의 것, 내게 허락된 것. 괴테 인스티튜트가 내놓은 자료 속 예시에 따르면 여섯 살짜리가 호주머니에 든 것을 꺼내 자기가 모은 것들을 살펴보는 데서 오는 즐거움이라든가, 집을 잃고 어딘가로 가야 하는 사람이 챙겨 나온 몇 안 되는 물건과 그걸 가지고 나온 마음, 그런 것들과 연결되는 의미라고 한다.

센티멘털한 느낌이 배어 있는 소유라니, 곰곰이 생각해 봤지만 우리말에는 적당한 단어가 없는 것 같다. (길 떠난 나그네의 보따리를 생각해 보긴 했는데, 물을 뚝뚝 흘리는 누군가가 나타나 보따리를 내놓으라고 할 것 같은 느낌이 들어 애써 꾸려 넣은 서정성이 강물로 곤두박질친다.) 부富나 재산, 즉 자산의

측면이 아니라 영혼과 연결된 측면에서의 소유물. 세상이 어떤 가치를 부여하는가와 관계없이 마음 깊은 곳으로부터 소중하게 느끼는 물건들. 객관적으로는 보잘것없고 심지어 쓰레기에 가깝지만 나에게는 보물인 것들. 이를테면 좋아하는 사람이 손에 쥐고 만지작거리다 내 책상 위에 두고 간 삼다수 병뚜껑이라든가, 돌아가신 어머니가 장아찌를 만들 때 즐겨 썼던 누름돌, 혹은 미드 〈프렌즈〉에서 레이첼이 간직했던, 로스가 처음으로 아침 식사를 만들어 침대로 가져다줬을 때 요리에 쓴 계란 껍데기 같은 것. 서수진 작가의 단편 「캠벨타운 임대주택」에서 의문의 한국인 여자가 그토록 소동을 일으켜 가면서까지 찾고 싶어 했던 작고 까만 조약돌 세 개 같은 것. 나에게도 그런 것들이 많다. 누군가 내게 쓴 편지나 쪽지들을 모아둔 종이 상자, 그가 만들어준 풀꽃 반지와 신혼집 앞 겹벚꽃나무에서 떨어진 꽃송이를 눌러 말려둔 것, 아이들이 배시시 웃으며 빨간 볼로 건네주는 귀엽고도 무용한 것들.

합젤리히카이튼이라는 단어를 이해하려고 애쓰다 보니, 독일 사람들의 선물에 대한 태도와 이를 대하는 한국 사람들 사이에 생기는 틈을 이해할 수 있을 것 같기도 하다. 즉, 독일에서의 선물과 합젤리히카이튼 사이에 작게 난 길이 보이는 것 같은 느낌. 선물에 관한 글에서도 밝혔듯이 독일 사람들은 직접 만든 작은 것들을 귀하게 여긴다. 최근 어느 한국인 이웃으로부터 귀여운 이야기를 들었다. 아이가 용돈을 꽤 써서 친구에게 근사한 크리스마스 선물을 했는데, 돌아온 독일 친구의 선물이 직접 만든 장식품이어서 아이가 다소 실망한 것 같았다고. 동그란 예쁜 얼굴에 바람이 빠졌을 것을 생각하니 살짝 웃음이 났다. 아마 선물이라는 단어를 두고 두 문화가 가치를 두는 부분이 다르기 때문일 것이다.

　우리는 돈을 모으고 아껴서 소중한 사람에게 좋은 것, 필요한 물건을 골라주는 편이다. 하지만 내가 지금껏 독일 사람들에게 받은 것을 떠올려보니 모두 직접 만든 것이거나 아주 작고 부담 없는 것들뿐이었다. 어느 집 거실에서는 가족들이 한마디씩 쓴 롤링페이퍼 같은 것이 든 액자를 본 적이 있는데, 시어머니가 주신 결혼 선물이라고 했다. 비싼 예물보다는 그런 것들이 더 빛난다고 생각하는 마음. 게셴크(Geschenk, 선물)와 합젤리히카이튼이라는 단어 안에 든 그들의 마음을 느끼고 이해하려다 보니 어쩐지 삶이 은은하게 빛나는 느낌이 들어 좋았다. (참고로 내가 환장하는 선물은 밑반찬. 세상에서 제일 눈부신 선물이다.)

예전에 독일어를 배우러 주말마다 학원에 다닐 때, 같은 반에 시리아에서 온 지 얼마 안 된 나이 지긋한 부부가 있었다. 늘 동그란 모자를 눌러쓰고 있던 누르한은 누가 봐도 따뜻하고 기품 있는 여성이었다. 폭탄이 터지는 길을 밤새 걸어 도망치면서 하룻밤 만에 사랑하는 어머니와 남동생을 잃었다는 이야기를 들으면서, 나는 목이 맵도록 눈물을 펑펑 쏟았다. 시리아에 살 때 누르한은 학교의 부교장이었고 그의 반려인 오마르는 시장이었다고 했다. 그러니 그간 이루어놓은 것이 얼마나 많았겠는가. 그 모든 것을 뒤로하고 떠나야 했던 그들이 챙겨 가지고 나온 것, 그것이 합젤리히카이튼에 가까울 것이다.

공부를 굉장히 잘했다는 누르한의 막내아들은 독일어를 하지 못했기에 대학에 갈 아이들이 주로 진학하는 김나지움에 가지 못했다. 아들 이야기를 하며 눈시울이 붉어진 누르한 앞에서, 나는 한창 민감할 나이의 아이가 겪고 있을 좌절감이 어떻게 그 아이를 할퀴고 있을지 감히 상상하기 어려워 어떤 말도 섣불리 얹지 못했다. 하지만 그들이 챙겨 나온 것이 무엇이었든, 그들은 내면에 가진 것이 많은 사람들이었다. 문화가 다르고 말이 통하지 않아도 나는 그들이 따뜻한 마음을 가진 지혜로운 사람들이라는 사실을 알 수 있었다. 그건 설명하지 않아도 그냥 알 수 있는 것이었다.

맹자의 문장 가운데 천작天爵과 인작人爵에 관한 부분을 좋아한다. 작爵 자는 '벼슬'을 뜻하는 한자로, 작위爵位나 고관대작高官大爵 같은 말에 들어간다. 그러므로 천작天爵은 '하늘에서 내린 벼슬'이라는 뜻이다. 즉, 자신의 내면을 잘 지키고 닦아 자연적으로 존귀해지는 것을 말한다. 내 안에 있는 것을 구하여 얻은 것이므로 천작은 그 누구도 빼앗을 수 없다. 반면 부富나 권력 같은 인작人爵은 남이 귀하게 만들어준 것이다. 인작을 얻고 잃는 것은 온전히 나에게 달려 있는 것이 아니다. 그러므로 인작에 삶의 모든 의미를 부여하는 것은 위험천만한 일이다. 타인에 의해 얻을 수도 잃을 수도 있는 것, 누군가 빼앗을 수 있는 것을 가지고 그것이 진짜 나라고 생각한다면 그때부터 삶은 고통스럽고 공허해진다. 비록 모든 것을 등 뒤에 놓고 떠나야 했지만 누르한과 오마르가 내면에 가진 것은 누구도 빼앗아 갈 수 없었다. 나는 그 사실이 그들에게 위로가 되었기를 바란다. 막내아들이 가진 총명

함도, 그것은 누가 빼앗아 갈 수 있는 것이 아니므로 결국에는 빛을 다시 찾을 것이다. 아마도 눈물에 씻겨 더 반짝이는 모습으로.

합젤리히카이튼이라는 단어를 두고 하벤(haben, 가지다)과 젤리히카이트(Seligkeit, 축복이나 구원)가 합쳐진 말로 해석하는 사람들이 있고, 이 단어는 축복이나 구원과는 아무 상관이 없는 단어라고 반박하는 사람들이 있다. 전자로 해석하는 사람들은 합젤리히카이튼을 '축복이 되는 소유, 축복으로 여겨지는 소유, 축복이 될 만큼의 소유' 등으로 이해하며 감탄한다. 세속적인 소유와 성스러운 하늘의 축복이 합쳐진 모양이라면 어찌 아름답지 않을 수 있겠냐고 말하며. 후자로 보는 사람들은 성과 속을 이어 붙여 억지로 의미를 부여하는 것을 경계하고, 단어에 과한 환상을 가지려는 태도에 정색한다. 다시 말해 담백하게 '(감성적 뉘앙스가 배어 있는) 별 볼 일 없는 소유물'로만 보는 것이다. 나는 기본적으로 후자 쪽의 태도에 더 매력을 느끼는 인간이지만, 그리고 어원적으로도 후자가 더 옳다고 알고 있지만, 그래도 덕분에 '축복으로 여겨지는 소유, 축복이 될 만큼의 소유'라는 이 묘하게 뭉클해지는 개념을 생각해 본다. 언어학적으로 여기에서의 젤리히카이트가 축복이든 아니든, 합젤리히카이튼이 말하는 소유의 모양을 보면 그것은 축복이자 구원이 맞다. 엄마의 유품, 아이의 주머니에 든 무용하고 귀여운 보물들, 몇 가지 고를 수 없을 때 내가 꼭 챙기고 싶은 것, 이런 것들이 우리 삶의 축복이자 구원이 아니면 무엇이 그 단어를 대신하겠는가.

최근에 이사를 했다. 공간을 비우고 다시 공간을 채웠다. 내가 가진 것들이 너무 많다는 사실에 경악했고, 내가 가지고 싶은 것들이 여전히 많다는 사실에 머쓱했다. 검이불루 화이불치儉而不陋 華而不侈라는 말이 있다. 검소하되 누추하지 않고, 화려하되 사치스럽지 않다는 뜻이다. 『삼국사기』를 쓴 김부식이 백제 온조왕 때 새로 지어진 궁궐의 모습을 두고 한 말이다. 발음이 부드럽고 뜻이 소담해서 마음에 담아두었던 문장인데, 이 말을 거울 삼아 내 주변을 비춰보자니 부끄러워서 가출하고 싶은 기분이 든다.

이 글을 쓰면서 합젤리히카이튼이라는 단어를 살펴볼 수 있어 다행이다. 검소한 마음으로 꼭 간직하고 싶은 것, 축복으로 느껴지는 물건들을 곁에 두는 마음. 잡지 『럭셔리』에서 "어떻게 사는 게 럭셔리하게 사는 걸까요?" 하고 묻자 고故 이어령 선생은 "이야기 속에 살아라"라고 답했다고 한다.• 주변에 얼마나 많은 이야깃거리가 있는가가 럭셔리한 삶의 기준이 된다는 말인데, 합젤리히카이튼 역시 그 안에 든 이야기가 중요하다는 점에서 맥이 닿는다. 이야기가 풍성한 물건들, 그 이야기를 떠올리면서 미소 짓게 되는 것들, 그래서 마음에 위안과 감사를 얻게 되는 나의 소유물. 나의 작고 보잘것없는 축복들.

나란 인간은 무소유의 경지는 넘보지 못하는 범인凡人이다. (법정스님의 『무소유』를 읽고 큰 감동을 받아 나도 작고 단출한 산속 암자에서 살고 싶다는 생각을 했지만 치킨 배달이 어려울 것 같아 포기한 전적이 있다.) 미니멀리즘이니 정갈함 같은 것과도 거리가 멀다. 대신 사랑스러운 물건들을 오래 아끼고 소중히 여기는, 다소 구질구질해도 이야기가 넘치는 그런 삶을 살고 싶다. 아직 정리가 제대로 되지 않아 너저분한 새집을 보면서, 합젤리히카이튼이라는 단어를 마음에 품고 공간을 매만져야겠다고 생각했다. 그러다 보면 결국 게보르겐하이트를 느낄 수 있지 않을까. 그렇게 나

• 정성갑, 『집을 쫓는 모험』에서 재인용.

는 20년 전 세상에서 가장 아름다운 독일어로 꼽혔던 두 단어를 곁에 두는 기쁨을 누릴 수 있을 것이다.

모든 단어에는 이야기가 있다

1판 1쇄 인쇄 | 2024년 8월 30일
1판 1쇄 발행 | 2024년 9월 10일

지은이 | 이진민

발행인 | 김태웅
책임편집 | 엄초롱
디자인 | 강경신디자인
마케팅 총괄 | 김철영
마케팅 | 서재욱, 오승수
온라인 마케팅 | 김도연
인터넷 관리 | 김상규
제 작 | 현대순
총 무 | 윤선미, 안서현, 지이슬
관 리 | 김훈희, 이국희, 김승훈, 최국호

발행처 | (주)동양북스
등 록 | 제2014-000055호
주 소 | 서울시 마포구 동교로22길 14 (04030)
구입 문의 | 전화 (02)337-1737 팩스 (02)334-6624
내용 문의 | 전화 (02)337-1739 이메일 dymg98@naver.com
네이버포스트 | post.naver.com/dymg98
인스타그램 | @shelter_dybook

ISBN 979-11-7210-061-2 03810